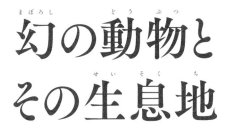

幻の動物とその生息地

ハリー・ポッター　シリーズ

ハリー・ポッターと賢者の石
ハリー・ポッターと秘密の部屋
ハリー・ポッターとアズカバンの囚人
ハリー・ポッターと炎のゴブレット
ハリー・ポッターと不死鳥の騎士団
ハリー・ポッターと謎のプリンス
ハリー・ポッターと死の秘宝

イラスト版　ジム・ケイ＝絵

ハリー・ポッターと賢者の石
ハリー・ポッターと秘密の部屋

ホグワーツ・ライブラリー

幻の動物とその生息地
（コミック・リリーフとルーモスを支援）
クィディッチ今昔
（コミック・リリーフとルーモスを支援）
吟遊詩人ビードルの物語
（ルーモスを支援）

J.K.ローリング

幻の動物と
その生息地

ニュート・スキャマンダー
松岡佑子 訳

この本を創作し、その印税のすべてを
コミック・リリーフとルーモスに惜しげなく寄付してくれた
J.K.ローリングに感謝します。

目次

著者による前書 　　　　　　　　　　9

序論 　　　　　　　　　　　　　　　15
　この本について 　　　　　　　　　16
　魔法動物とは何か？ 　　　　　　　18
　幻の動物に関するマグルの認知度小史 　　27
　隠れた魔法動物 　　　　　　　　　32
　魔法動物学(マジズーオロジー)はなぜ重要か 　　39

魔法省分類 　　　　　　　　　　　　40

幻の動物事典(アルファベット順) 　　41

著者について 　　　　　　　　　　153

OriginalTitel:Fantastic Beasts and Where to Find Them

First published in Great Britain in 2001 by Bloomsbury Publishing Plc
50 Bedford Square, London WC1B 3DP

www.bloomsbury.com

Bloomsbury is a registered trademark of Bloomsbury Publishing Plc

This edition published in 2017

Text copyright © J.K. Rowling 2001
Foreword and new text elements © J.K. Rowling 2017
Cover illustrations by Jonny Duddle copyright © Bloomsbury Publishing Plc 2017
Interior illustrations by Tomislav Tomic copyright © Bloomsbury Publishing Plc 2017

The moral rights of the author and illustrators have been asserted

Text design by Becky Chilcott

Harry Potter characters, names and related indicia are
trademarks of and © Warner Bros. Entertainment Inc.
All rights reserved

All rights reserved
No part of this publication may be reproduced or transmitted by any means, electronic, mechanical,
photocopying or otherwise, without the prior permission of the publisher

コミック・リリーフ（英国）は貧困対策と社会的公正を促す取り組みの資金を集めるため、
1985年にイギリスのコメディアンたちによって設立された。本書の世界的な収益は、英国
と世界中の子どもや若者が未来に備えられるように遣われる——安全で、健康で、教育を
受けられ、権限を与えられるように。

コミック・リリーフ（英国）は登録された慈善団体であり、登録番号は326568（イングラ
ンド／ウェールズ）、SC039730（スコットランド）。

J.K.ローリングが設立したルーモスは、『ハリー・ポッター』シリーズに出てくる光を照ら
す呪文にちなんで名付けられており、世界中の孤児院や施設で暮らす傷つきやすい子ども
たちを2050年までになくし、次世代の子どもたちが皆、愛する家族のもとで育てられるこ
とを目標としている。

ルーモスはルーモス財団の通称で、イングランドとウェールズで登録された保証有限会社
であり、登録番号は5611912。慈善団体登録番号は1112575。

著者による前書

『魔法使い』版でのみ読める

「幻の動物とその生息地」の本が、マグルの読者に提供されたのは、2001年のことです。コミック・リリーフという、マグルの尊敬を勝ち得ている慈善団体の資金集めのために、この本を提供するという前例のない措置に、魔法省が同意したことから、それが可能になりました。私は、この本がフィクションであるという断り書きを入れ、マグルの読者にこの本がまったくの創作であると保証することを条件に、マグル版を出すことを許されました。アルバス・ダンブルドア教授が、その条件を満たす前書を書くことを承知して下さいました。そして、この本が、世界の中でも最も弱い立場にある人々のために多くの資金を集められたことを、私は教授と共に喜んでいます。

　魔法省の秘密文書の一部が解禁されたことで、魔法界は最近、「幻の動物とその生息地」の創作の経緯に関する多少の情報を得ることとなりました。

　ゲラート・グリンデルバルドが魔法界を恐怖に陥れていたあの20年間に、私がどのような活動をしていたかについては、まだその全貌を語ることができません。

今後何年かの間に文書の解禁が進むにつれて、歴史上のあの暗黒の時期における私の役割について、もっと自由にお話しすることができるようになるでしょう。今のところは、最近のとんでもなく不正確な報道を、いくつか訂正するだけにとどめておきます。

「人か魔物か？ニュート・スキャマンダーの真実」というリータ・スキーターの最近の伝記によれば、私は魔法動物学者ではなく、ダンブルドアのスパイであり、魔法動物学を「隠れ蓑」にして、1926年にアメリカ合衆国魔法議会（MACUZA）に侵入したと書かれています。

1920年代を生きた者なら誰しも、これがばかげた言いがかりであることがわかるでしょう。あの時代に魔法使いが正体を隠すなら、魔法動物学者のふりなどするわけがありません。魔法動物に関心を持つのは、危険であやしいことだと考えられていた時代ですから、そういう生物が詰まったカバンを大都市に持ち込むなど、今考えてみると、重大な過ちでした。

私がアメリカに行ったのは、密輸されたサンダーバードを解き放つためでしたが、それ自体とても危険なこと

でした。なにしろ、あの時代のマクーザには、すべての魔法動物を「呪いで殺す方針」があったのです。私がニューヨークを訪れてから一年後、セラフィーナ・ピッカリー議長が「サンダーバード保護令」を出し、その勅令が最終的には魔法生物全体に適用されるようになったことを、私は誇りに思っています。(旧版の「幻の動物」では、ピッカリー議長の要請により、アメリカの魔法生物の中でも重要なものに関しては、私はなにも書きませんでした。議長が、魔法界の観光客を抑止したいと思われたからです。あの時代、アメリカの魔法界が欧州の魔法界よりもひどい迫害に遭っていたこともあり、また、意図しなかったこととはいえ、私がニューヨークで国際機密保持法の重大な違反を犯してしまったことにかんがみて、議長の要請に応じることにしたのです。今回の改訂版では、そうした魔法生物を復活させ、本来あるべき場所に収録しています。)

リータ・スキーター女史の荒唐無稽な言い種にすべて反論するには何か月も要することでしょう。ただ一つだけ付け加えるなら、私が「セラフィーナ・ピッカリー議

長のハートを破って去った女たらし」であるどころか、議長は、私がとっとと自発的にニューヨークから立ち去らなければ、強硬な手段で追放すると明言されました。

たしかに、ゲラート・グリンデルバルドを初めて逮捕したのは私でしたし、アルバス・ダンブルドアが私にとっては単なる先生以上の存在だったのも真実です。これ以上なにかを語れば、私は魔法秘密法に違反するおそれがあり、それよりも、個人の秘密を何よりも重んじるダンブルドアの、私に対する信頼を裏切ることをおそれます。

「幻の動物とその生息地」は、様々な意味で愛の結晶です。この本を書いた昔を振り返り、私は、読者には見えないものではありますが、どのページにも刻まれている思い出を追体験しています。新しい世代の魔法使いや魔女が、この本のページを繰り、私たちと同じ魔法界に存在する信じがたいほどすばらしい動物たちを愛し、護らなければならないという思いを新たにしていただきたいと、心から願っております。

Newt Scamander

ニュート・スキャマンダー

編集者へ：マグル版には、いつものように煙幕を──まったくのフィクション──すべて冗談──心配ご無用──楽しんでください！

序論

この本について

『幻の動物とその生息地』は、長年にわたる旅行と研究の成果が実ったものである。思い起こせば、7歳の魔法使いであった私は、子供部屋で「ホークランプ」をバラバラにしながら何時間も過ごした。その後にその子に待ち受けていたさまざまな旅を思うと、羨ましさを覚える。大きくなったら旅をしたいと思ったものだった。ホークランプだらけの少年は、長じて後、昼なお暗いジャングルから光あふれる砂漠まで、山の頂から湿原まで旅をし、本書に書きあらわしたような数々の動物を追いかけるようになった。私は五大陸にわたって巣穴、隠れ穴、営巣地を訪ね歩き、100か国におよぶ国々で、魔法動物の珍しい習性を観察し、その力を目のあたりにし、動物たちの信頼を勝ち得たが、時には旅行用やかんで撃退したこともあった。

　1918年、オブスキュラス出版社のオーガスタス・ワーム氏が、権威ある魔法動物概論を執筆してはどうかと、ご親切にも声をかけてくださり、「幻の動物」初版が上

梓される運びとなった。その当時、私は魔法省のしがない役人であり、2つの理由でこのチャンスに飛びついた。まず、1週間2シックルという哀れな給料の足しにするため。そしてまた、休暇中には魔法生物の新種を求めて世界中を旅するためだった。その後のことは、出版界ではすでに旧聞に属する。

　この序論は、1927年の出版以来、毎週私の郵便袋に届けられる質問の中から、最も頻繁に聞かれる疑問のいくつかに答えるつもりで書いている。疑問の筆頭は、最も基本的な質問だ——魔法動物とは何か？

魔法動物とは何か？

「動物」の定義は、何世紀にもわたって論議のまとだった。魔法動物学を初めて学ぶ学生の中には驚く者もいるかもしれないが、3種類の魔法生物を考えてみれば、この問題がより明確になるだろう。

狼人間は、ほとんどの時間をヒト（魔法使いまたはマグル）として過ごす。しかし1か月に1度、ヒトとしての良心を持たず、殺意に満ちた、残忍な四足獣に変身する。

ケンタウルスの習性はヒトとは異なる。自然の中に棲み、着衣を拒み、魔法使いからもマグルからも離れて棲むことを好むが、その両者に匹敵する知性を備えている。

トロールはヒトに似た外観を呈し、直立歩行し、単純な言葉を2つ、3つ教え込むことはできるが、知性においては一角獣の最も愚かなものにも劣り、魔力と呼べるほどの魔力はまったく持たない。ただし驚異的なばか力を持っている。

ここで次のような質問にはどう答えるべきか。前述の

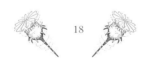

生き物の中で、どれが「ヒトたる存在」——つまり、法的な権利、ならびに魔法界を統治する上で意見を認める価値のある生き物——であり、どれが「動物」だろうか？

　どの魔法生物を「動物」と指定すべきかを定めようとした初期の試みは、極めてお粗末なものであった。

　14世紀に、魔法使い評議会委員長であったバードック・マルドゥーンは、魔法界において2本足で歩行するものには、すなわちこれに「ヒトたる存在」としての地位を与え、そのほかのものはすべて「動物」とする旨の法令を出した。マルドゥーンは友好の精神で「ヒトたる存在」を召集し、新しい魔法界の法律について、魔法族とともに話し合うサミットを開催したが、自らの計算ちがいに気づき愕然とした。会議場は、小鬼が集められるだけかき集めて引き連れてきた、あらゆる2本足歩行の生物であふれ返っていたのだ。バチルダ・バグショットは著書『魔法史』で次のように記述している。

＊1　魔法省の前身

ディリコールのガアガア声、オーグリーのうめき声、そしてフウーパーのつんざくような歌声にかき消されてほとんど何も聞こえなかった。魔法使いや魔女たちが目の前にある書類を参考に協議しようとしているのに、いろいろなピクシーや妖精やらが、クスクス笑ったり、やかましくおしゃべりしたりしながら、その頭上を飛び回っていた。12人あまりのトロールが棍棒で会議場をたたき壊しはじめるし、鬼婆はどこかに子供がいたら食ってやろうと、するするあたりを探し回っていた。評議会委員長が開会宣言に立ち上がったとたん、こんもりとしたポーロックのフンですべり、悪態をつきながら会議場から走り去った。

このように、単に2本足歩行であるというだけでは、必ずしも魔法生物が魔法政府の諸事に関心を持つとはかぎらない。この苦い経験にこりたバードック・マルドゥーンは、二度と再び魔法社会の非魔法使いたちを評

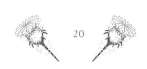

議会に統合しようとはしなかった。

　マルドゥーンの後継者、エルフリダ・クラッグ女史は、他の魔法生物とより緊密な関係を築くため、「ヒトたる存在」の再定義を試みた。女史は、「ヒトたる存在」とはヒトの言葉を話す者であると宣言した。かくして、評議会のメンバーと意思を通じることのできる者すべて、次の会議の席に招待された。しかしながら、またしても問題があった。簡単な文章を２つ、３つ小鬼に教え込まれたトロールが、前回と同じように会議場を壊しはじめた。ジャービーが評議会の椅子の脚の間を走り回り、手当たり次第に足首にかみついた。一方、ゴーストの大代表団が（マルドゥーン体制のもとでは、ゴーストは２本足歩行をせず滑走するということで拒まれていた）参加したが、気を悪くして会議場を出ていった。後日、ゴーストたちは、「死者の願いより生者の要求に重きを置いた評議会の破廉恥ぶり」に嫌気がさしたと表現している。マルドゥーン氏のもとでは「動物」と定義されたケンタウルスは、クラッグ女史のもとでは「ヒトたる存在」とされたが、マーピープル（水中人）が水から上がれば

21

マーミッシュ語でしか会話ができないという理由で除外されたことに抗議し、出席を拒んだ。

1811年になってようやく、魔法社会の大多数が容認できる定義ができた。魔法大臣に就任したグローガン・スタンプは、「ヒトたる存在」とは「魔法社会の法律を理解するに足る知性を持ち、立法に関わる責任の一端を担うことのできる生物」と定めた。*2

トロール代表については、小鬼の付き添いなしで尋問が行われ、言われたことがまったく理解できていないと判断された。したがって2本足歩行であっても「動物」として分類された。マーピープルについては、通訳を介することで、「ヒトたる存在」として初めて招待された。妖精、ピクシー小妖精、庭小人については、外見はヒトそっくりでも、きっちりと「動物」に分類された。

もちろんすべてがこれで収まったというわけではない。

---

*2　ゴーストたちが、名誉ある「過去形存在」であるにもかかわらず「現在形存在」として分類するのは無神経であると主張したので、ゴーストは例外扱いとなった。これによりスタンプは、魔法生物規制管理部に動物課、存在課、霊魂課の3課を設け、現在に至っている

マグルを「動物」に分類せよと主張する過激論者がいることは周知のとおりである。知ってのとおり、ケンタウルスは「ヒトたる存在」の地位を拒絶し、「動物」にとどまることを要求している。*3

　一方、狼人間については、長年にわたり動物課と存在課の双方から疎まれてきた。この原稿を執筆している時点では、狼人間援助室は存在課にあるが、狼人間登録室および狼人間捕獲部隊は動物課にある。極めて高い知性を持ちながら、自らの野蛮な性格を抑制できないために「動物」に分類されているものもある。アクロマンチュラやマコンティアは知的な会話もできるが、ヒトが近づくと貪り食おうとする。スフィンクスはなぞなぞや難問

---

*3　ケンタウルスは、鬼婆や吸血鬼も「ヒトたる存在」となったことで、自分たちがそれらと同類扱いになることに異議を申し立て、魔法使いとは別に、自分たちのことは自分たちで管理すると宣言した。1年後マーピープル（水中人）も同様の要求をした。魔法省はしぶしぶその要求を受け入れた。魔法生物規制管理部、動物課にケンタウルス担当室があるが、ケンタウルスがそこを利用したことはない。魔法省では「ケンタウルス室に送られる」というと、当の人物がまもなく解雇されるという意味の省内ジョークになっている

を出すという形でしか会話ができず、答えをまちがえると凶暴になる。

　以下のページにおける分類について、いまだにたしかでないものがある場合には、該当生物の箇所にその旨を記してある。

　魔法使いや魔女が魔法動物学について話題にするとき、最もよく出る質問に話しを転じよう。マグルは、なぜこうした生き物に気づかないのだろうか？

幻の動物に関するマグルの認知度小史

　多くの魔法使いが、まさかと驚くかもしれないが、我々が長年にわたって懸命に隠そうとしてきた魔法生物や怪物について、マグルが常に無知であったわけではない。中世におけるマグルの芸術や文学を垣間見ると、現在では想像上の生き物とされているようなものが、当時は実在するものとして知られていたことがわかる。ドラゴン、グリフィン、ユニコーン（一角獣）、フェニックス（不死鳥）、ケンタウルス──これらを含むほかの多くの生物が、おおむね滑稽なほど不正確にではあるが、当時のマグル作品に表現されている。

　しかし、当時のマグルの動物寓話集をよく調べてみると、大方の魔法生物について、マグルがまったく気づいていないか、ほかのものと取りちがえていることがわかる。その例として、ウスターシャー出身のフランシスコ会修道士、ブラザー・ベネディクトが書き残した古文書の、現存する断片を調べてみよう。

今日、薬草園を見回っているとき、バジルを押し分けると、すさまじく大きなフェレット（ケナガイタチ）がいた。普通なら逃げるか隠れるのが習性なのに、逆に私に飛びかかり、仰向けに地面に押し倒し、異常なほど怒り狂って「失せろ、ハゲ！」と叫んだ。それからイヤというほど私の鼻にかみついたので、そのあと数時間、血が止まらなかった。フェレットがしゃべったといっても修道士長はなかなか信じてくださらず、ブラザー・ボニフェスの「かぶワイン」を飲んでいたのではないかと詰問なさった。鼻のはれがひかず、まだ出血していたので、夕べの拝礼は免除された。

　この我らが友人のマグルは、フェレットがいたと思ったようだが、おそらく好物の庭小人を探していたジャービーを掘り出してしまったにちがいない。
　生兵法はけがのもとで、まったく知らないよりも中途半端が危険なことはしばしばある。薬草園に何かがうご

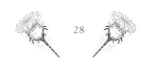

めいているかもしれないと恐れることで、魔法に対するマグルの恐怖はまちがいなく増大した。その当時、魔法使いに対するマグルの迫害はそれまでになく激しくなっており、ドラゴンやヒッポグリフを目撃することが、マグルのヒステリー状態にさらに油を注いでいた。

　魔法使いがついに身をひそめるところまで追いこまれた暗黒の日々について述べるのが、本書の趣旨ではない*4。

　ここで問題になるのは、幻の動物たちの運命だ。魔法なんていうものはそもそも存在しないと、マグルに確信させるためには、魔法使い同様、幻の動物も隠されていなければならないということだ。

　国際魔法使い連盟では、1692年の有名なサミットで、この件を徹底的に論じた。各国の魔法使いが、延々7週間にわたって、時には険悪な様相を帯びながら、魔法生物に関する厄介な問題についての討議に集中した。マグ

---

*4　魔法使いの歴史上、特に血塗られたこの時期について詳しく知りたい読者は、バチルダ・バグショット著『魔法史』（リトル・レッド・ブックス刊、1947年）を参照されたい

29

ルに気づかれぬよう隠しておけるのは何種類で、それはどの種類にするべきか？　どこにどうやって隠すか？　激しい議論が闘わされた。自分たちの運命が決められていることに気づかない生物もいれば、討議に参加した生物もいた。*5

　ついに合意に達した。*6 ドラゴンからバンディマンまでのさまざまな大きさの生き物27種を、マグルの目から隠し、こうした生き物は想像上のものであって、実際には存在しないと思い込ませることになった。

　それからの100年間に、隠し方について魔法使いが自信をつけてくると、隠蔽種の数は増加した。1750年、国際魔法使い機密保持法に第73条が追加され、今日、世界中の魔法官庁がこれに従っている。

> 各国魔法政府機関は、その領土内に棲むすべて

---

*5　ケンタウルス、マーピープル（水中人）、小鬼が説得されて、サミットに代表を出席させた
*6　小鬼以外は合意した

の魔法動物、ヒトたる存在、霊魂を、隠し、世話し、管理する責任を持つ。これらの生物がマグル社会に害を及ぼしたり、注目を浴びたりした場合には、当該国の魔法政府機関は、国際魔法使い連盟の懲戒処分を受ける。

隠れた魔法動物

　第73条が定められてからは、ときどき違反があったことを否定するわけにはいかないだろう。読者が年配のイギリス人であれば、1932年のイルフラクーム事件を覚えているはずだ。群れを離れた凶暴なウェールズ・グリーン種ドラゴンが、日光浴をしているマグルで混み合う浜辺を急襲した事件である。ありがたいことに、休暇中の魔法使い家族の勇敢な行動により（後日、勲一等マーリン勲章を授与された）、死者は出なかった。その家族が事件直後、イルフラクームの住民に今世紀最大規模の忘却呪文をかけ、危ういところで大惨事をまぬがれた。*7

　第73条違反のかどで、国際魔法使い連盟からくり返

---

*7　1972年刊の著書『マグルは見た』の中で、ブレナム・ストークは、イルフラクームの住民の何人かが大規模忘却術を逃れたと主張している。「今日に至るまで、『ドッジー・ダーク（逃げ上手のダーク）』とあだ名されるマグルが、南海岸沿いのあちこちの酒場で、『巨大な醜い空飛ぶトカゲ』が自分のエアマットをパンクさせたとくだを巻いている」

し罰金を課せられている国もある。最も頻繁に違反するのは、チベットとスコットランドの2か国だ。マグルがあまりにも頻繁に雪男を目撃するので、国際魔法使い連盟は、国際特務部隊を山中に常駐させる必要があると判断した。一方ネス湖では世界最大のケルピーがいまだに捕獲を逃れ続け、どうやら世間の注目を浴びたくてうずうずしている様子だ。

　このような不幸な出来事があるにせよ、我々魔法使いとしては、うまくやりおおせてきたことを喜んでよいだろう。現代マグルの圧倒的多数は、祖先が恐れた魔法動物の存在を、もはや信じようとしない。ポーロックの糞やストリーラーの通った跡を見つけても——これらの生物の痕跡をすべて隠しおおせると思うのは愚かしいことだ——マグルは、魔法と関わりのない、他愛もない説明で満足しているようだ。*8 ヒッポグリフが北に向かって飛

---

*8　こういったマグルのおめでたい傾向に関する興味深い研究については、モルディカス・エッグ教授著『俗なるものの哲学——なぜマグルは知ろうとしないのか』(ダスト・アンド・ミルデューイ社刊、1963年) を参照されたい

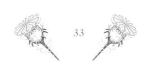

んでいくのを目撃したなどと、愚かにも誰かに打ち明けるマグルがいても、酔っ払っているか、「狂ってる」と思われてしまうのが落ちだ。当のマグルにはたしかに気の毒ではあるが、火あぶりにされたり、村のため池で溺死させられたりするよりはましだ。

では魔法社会は幻の動物をどうやって隠しているのだろうか？

幸い、マグルの目に触れないようにするのに、魔法使いの助けをあまり必要としない種もある。テボ、デミガイズ、ボウトラックルなどの動物は、それ自身非常に効果的なカモフラージュの手段を持っており、今まで魔法省の介入はまったく必要なかった。賢いがゆえに、またはもともと内気であるために、なんとしてでもマグルとの接触を避けたがる生き物もいる——ユニコーン、ムーンカーフ、ケンタウルスなどだ。マグルの近寄れないところに棲む魔法動物もいる——たとえば、地図さえないボルネオのジャングルの奥深くに棲むアクロマンチュラ、魔法なしでは行けないような山の頂に巣を作る不死鳥などだ。最後に、これが最も一般的であるが、小さ過ぎた

34

り、速過ぎたり、または巧妙にあたりまえの動物になりすましているので、マグルの関心を引かない動物がいる——チズパーフル、ビリーウィグ、クラップがこの部類に入る。

とはいえ、わざとなのか、たまたまなのかは別として、マグルの目にさえはっきりと目立つ動物もまだまだ数多く存在する。そうした動物のせいで、魔法生物規制管理部がかなりの仕事をこなさなければならなくなる。この部門は魔法省でも2番目に大きく、担当する数多くの種のそれぞれに異なるニーズに合わせ、多種多様な方法で対処している。

安全な生息地

　魔法生物を隠す際に最も重要なのは、安全な生息地を作ることだろう。マグルよけ呪文をかけ、ケンタウルス

---

*9　魔法省で最大の部は、魔法省警察部隊であり、残る6部門も、何らかの形で執行部に対して責任をとる——ただし、神秘部だけは除外されることがある

35

や一角獣の棲む森や、水中人が使うためにとっておいた川や湖に誰かが入り込まないようにする。極端な場合には、たとえばクィンタペッドがその例だが、その地域全体を発見不可能にしておく。*10

　安全区域のいくつかは、常に魔法的監視のもとに置かなければならない。たとえばドラゴン保留地がそれだ。一角獣や水中人は、指定された領域に留まって充分に満足していられるが、ドラゴンは獲物を探して境界の外に飛び出す機会をねらっている。時には、動物自身の力が強くて、マグルよけ呪文を打ち消し、効かなくしてしまう場合がある。いい例が、ヒトを引き寄せることだけを生きがいにしているケルピーや、誰かついていくヒトを探し求めているポグレビンなどだ。

売買と飼育の規制

　魔法動物の赤ん坊、雛、卵などを飼育したり売買したりすると、重い罰が課せられるようになってから、マグ

---

*10　発見不可能になった地域は、地図には書けない

ルが大型、または危険な魔法生物に度肝を抜かれる可能性は激減した。魔法生物規制管理部は、常に幻の動物の取引に厳しく目を光らせている。1965年に実験的飼育禁止令により、新種の創造は非合法とされた。

目くらましの呪文

　巷の魔法使いも、魔法動物を隠すのに一役買っている。たとえばヒッポグリフを所有している魔法使いは、動物に「目くらましの呪文」をかける義務がある。マグルがその動物を目にしたときに、イメージをゆがめるようにするのだ。この呪文は効果が薄れやすいので、毎日かけなければならない。

忘却術

　最悪の事態が起こり、マグルが見てはいけないものを見てしまった場合には、おそらく忘却術が最も役立つ修復法だ。当該魔法動物の所有者が忘却術をかけてもよいが、マグルの気づき方が尋常ではない場合は、魔法省が訓練された忘却人チームを送る。

誤報室

　魔法界とマグル界の衝突が最悪の事態に至った場合にのみ、誤報室が出動する。魔法界の大惨事や事故があまりにもあからさまで、何らかの外部機関の助けなしにはマグルがマグルを納得させられないことがある。こうした場合、誤報室はマグルの首相と直接連絡をとり、事件について、魔法に無関係でまことしやかな説明を探し求める。誤報室が労を惜しまずマグルへの説得をしたおかげで、ネス湖のケルピーの証拠写真はすべてデッチアゲであるとマグルに思い込ませることができ、一時は極めて危険だった状況を救うのに、ある程度は役に立った。

魔法動物学はなぜ重要か

　前述の措置は、魔法生物規制管理部が遂行してきた広範囲な仕事のほんの一端を示したにすぎない。残る疑問は、すでに心の中では我々すべてが答えを知っている疑問だ。魔法社会として、また個人として、獰猛で飼い馴らすことのできない動物まで含め、なぜ魔法動物を保護したり隠したりしようとするのか？　答えは明白だ。我々がこれまで魔法生物の一風変わった美しさや力を楽しんできたと同様、未来の魔法使いや魔女たちも楽しめるようにするためだ。

　我々の世界に棲む幻の動物の豊かさに触れていただくために、私はこの本を捧げる。本書には81種を紹介している。しかし、まちがいなく、今年また新種が発見され、『幻の動物とその生息地』改定版が必要になるだろう。それまでの間、一言つけ加えさせていただく――若い魔法使い、魔女諸君が、これまで何世代にもわたって本書を読んでくださり、私の愛する幻の動物についての知識と理解を深めていただいたことは、私の無上の喜びだ。

魔法省分類

　魔法生物規制管理部は、すでに知られているすべての「動物」、「存在」、「霊魂」を以下のように分類している。これにより生物の危険度を一目で知ることができる。5段階分類は以下の通り。

魔法省（M.O.M.）分類

XXXXX	魔法使い殺しとして知られる
	訓練することも、
	飼いならすこともできない
XXXX	危険／専門知識が必要／専門魔法
	使いなら扱い可能
XXX	有能な魔法使いのみが対処すべし
XX	無害／飼いならすことができる
X	つまらない

　ある種の動物の分類については、注意が必要と思われたので、必要に応じて脚注をつけた。

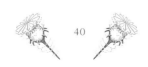

幻の動物事典

[アルファベット順]

アクロマンチュラ
ACROMANTULA
M.O.M.分類：XXXXX

　アクロマンチュラはヒトの言葉が話せる八つ目の怪物蜘蛛。ボルネオ原産で、うっそうたるジャングルに棲む。際立った特徴は次のとおり。黒い毛がびっしりと胴体を覆っている。肢を広げると5メートルにもなる。ハサミは、興奮したり怒ったりすると、カシャカシャと特徴的な音を立てる。毒を分泌する。肉食で大型の獲物を好む。地上にドーム形の蜘蛛の巣を紡ぐ。雄より雌が大きく、1度に最高100個の卵を産む。卵は白く柔らかで、ビーチボールほどの大きさ。6～8週間で孵化する。アクロマンチュラの卵は魔法生物規制管理部の取引禁止品目Ａクラスに指定されているので、輸入または売買すると厳しい罰が課される。

　この種は、魔法使いが創り出したと考えられる。魔法で創り出された怪物の場合によくあることだが、おそらく魔法使いの住居や宝物を守るために飼育されたもので

あろう*¹。ほとんどヒト並みの知能があるにもかかわらず、アクロマンチュラは訓練不可能で、魔法使いにとってもマグルにとっても、非常に危険である。

　アクロマンチュラの群生地がスコットランドに作られたといううわさは未確認のままである。

アッシュワインダー
ASHWINDER
M.O.M.分類：XXX

　魔法火*²を長時間ほったらかしで燃やし続けると創り出される。真っ赤に輝く目をした、灰白色の細い蛇。誰も監視していない火の燃えさしから伸び上がり、自分が生まれ出た住居の薄暗い場所に、するするはっていく。

---

*1　独学でヒトの言葉が話せるようになった動物はほとんどいない。ただしジャービーは例外。最初にアクロマンチュラを目撃した記録は1794年のもので、実験飼育禁止令が発令したのはそれからずっとあとの、今世紀に入ってからである

*2　煙突飛行粉（フルーパウダー）などの、魔法物質が加えられた火のこと

44

はったところに、灰だらけの跡が残る。

　アッシュワインダーの命はたった1時間で、その間に、暗い隔離された場所を探し、卵を生みつけ、そのあとは崩れて塵になる。アッシュワインダーの卵は鮮やかな赤で、高熱を発する。発見して、しかるべき呪文で凍結しないと、卵は数分以内に住居を発火させる。アッシュワインダーが1匹でも数匹でも家の中にいると気づいた魔法使いは、ただちにその跡をつけ、産みつけられた卵を見つけなければならない。いったん凍結された卵は、愛の妙薬の原料として大変な価値があるし、丸ごと食せば熱さましとして使える。

　アッシュワインダーは世界中に存在する。

オーグリー（アイルランド・フェニックスとしても知られる）
AUGUREY
M.O.M.分類：XX

　オーグリーはイギリスおよびアイルランド原産であるが、時に北欧にも見られる。ほっそりして悲しげな目つきの鳥で、外見は腹ペコの小型ハゲワシのようで、色は

緑がかった黒。極めて内気で、イバラやとげで巣を作り、大きな昆虫や妖精を食する。土砂降りの雨のときのみ飛翔し、そのほかのときは、涙形の巣にこもっている。

低く、グッグッと脈打つように震える鳴き声が特徴的で、かつてその声は死の予兆と信じられていた。胸の張り裂けるような鳴き声を聞くことを恐れ、魔法使いはオーグリーの巣をさけてきた。藪のしげみのそばを通る際に、姿の見えないオーグリーの泣き叫ぶ声を聞き、心臓発作に襲われた魔法使いは1人や2人ではないといわれる。しかし、辛抱強く調査した結果[*3]、オーグリーが鳴くのは、雨が近づくからにすぎないことが明らかになった[*4]。

---

*3 「奇人ウリック」は、少なくとも50羽のオーグリーをペットにして、同じ部屋で寝ていたことが知られている。特に雨の多かったある冬のこと、オーグリーの哀悼の鳴き声を聞き、ウリックは、てっきり自分が死んで今やゴーストになったと思い込んだ。そこで家の壁を通り抜けようとしたが、その結果どうなったか。ウリックの伝記の著者、ラドルファス・ピティマンによれば、「全治10日の脳震盪を起こした」

*4 ガリバー・ポークビー著『オーグリーが鳴いた時、私はなぜ死ななかったか』（リトル・レッド・ブックス刊、1824年）参照

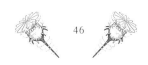

それ以来、オーグリーは家庭用天気予報鳥として流行したが、冬になるとほとんど絶え間なく哀悼の声を上げるのは耐えがたい、という者も多かった。オーグリーの羽根はインクをはじくため、羽根ペンとしては役に立たない。

バジリスク
(蛇の王としても知られる)

BASILISK

M.O.M.分類：XXXXX

　記録に残る最初のバジリスクは、ギリシャの闇の魔法使いでパーセルマウス（蛇語使い）の「腐ったハーポ」に飼育された。ハーポは実験を重ねた結果、ヒキガエルの下で孵化した鶏の卵から、異常なまでに危険な力を持った巨大な蛇が生まれることを発見した。

　バジリスクは鮮やかな緑色の蛇で、長さ15メートルにもおよぶことがある。雄は頭頂に深紅の羽毛をいただく。牙は猛毒を持つが、最も危険な攻撃手段は、巨大な黄色い目のひとにらみである。まともに視線を合わせた者は、即死するだろう。

　充分な食糧源さえあれば（バジリスクはすべての哺乳類、鳥類、ほとんどの爬虫類を食す）、この蛇は大変長生きする。「腐ったハーポ」のバジリスクは900年近く生きたといわれる。

　中世以来、バジリスクを創り出すことは違法とされてきたが、魔法生物規制管理部が調査にきたときだけ、ヒキガエルの腹の下から鶏の卵を取り出しておけば、容易に隠しおおすことができる。しかし、バジリスクを制御できるのはパーセルマウスだけなので、普通の魔法使い同様、ほとんどの闇の魔法使いにとっても、バジリス

クは危険である。少なくともここ400年間、イギリス国内でバジリスクを目撃したという記録はない。

ビリーウィグ
BILLYWIG
M.O.M.分類：XXX

　ビリーウィグはオーストラリア原産の昆虫。1.5センチほどの長さで、鮮やかなサファイアブルーだが、猛スピードなので、マグルが気づくことはほとんどないし、魔法使いでさえ刺されるまで気がつかないことがある。ビリーウィグの羽は頭のてっぺんにあり、超高速で回転しているため、この虫はくるくる回りながら飛ぶ。胴体の一番下には、細長い針がある。ビリーウィグに刺されると、めまいがして、そのあと空中に浮揚する。昔からオーストラリアの若い魔法使いや魔女は、この副作用を楽しむためにビリーウィグを捕まえ、怒らせては針で刺させた。ただし、刺され過ぎると、何日もふらふら浮かんだままどうしようもなくなり、アレルギー反応がひどい場合は、永久に浮かびっぱなしになることもある。ビ

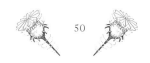

リーウィグの針を乾燥させたものは、何種類かの魔法薬に使われ、人気のお菓子フィフィ・フィズビーの材料にもなると考えられている。

ボウトラックル
BOWTRUCKLE

M.O.M.分類：XX

　ボウトラックルは木を守る生き物で、主にイギリス西部、ドイツ南部、およびスカンジナビアの一部の森に生息する。小さくて（最大20センチほどの背丈）、見かけは樹皮と小枝でできており、そこに小さな茶色の目が2つついているので、見つけるのは極めて困難である。

　ボウトラックルは昆虫を食べ、おとなしく、非常に内気であるが、自分の棲む木に危険が迫ると、住処に危害を加えようとする木こりや樹医に襲いかかり、長く鋭い指で目玉をほじくるといわれている。魔法使いや魔女が杖用の材木を切り取る際には、ワラジムシを供えると、ボウトラックルをその間なだめておくことができる。

バンディマン
BUNDIMUN

M.O.M.分類：XXX

　バンディマンは世界中に分布する。床板やすそ板の下に巧みに入り込み、はびこって家を荒らす。通常、汚らしくくさった臭いがするので、バンディマンがいることがわかる。じわじわと分泌物を出し、巣にした住居の土台をくさらせていく。

　静止状態のバンディマンは、目のついたアオカビが広がっているように見えるが、危険を察知すると、たくさんある細い肢であわてふためいて逃げ出す。ほこりを食って生きる。家にはびこったバンディマンは「ゴシゴシ洗い呪文」で取り除くことができる。しかし、大きく広がり過ぎた場合は、家がバラバラになる前に、魔法生物規制管理部（害虫班）に連絡したほうがよい。バンディマン分泌物の希釈液は、掃除用魔法液に使われる。

ケンタウルス
CENTAUR
M.O.M.分類：XXXX[*5]

ケンタウルスはヒトの頭、胴体、腕が、馬の胴体につながっており、馬の色は5〜6種類ある。知的で会話もできるので、厳密には動物と呼べないが、ケンタウルス自身の要求により、魔法省はこの分類とした（本書の序論を参照）。

ケンタウルスは森に棲む。現在はヨーロッパ各地に群生するが、そもそもギリシャ原産だといわれる。ケンタウルスのいる国では、その国の魔法当局が、マグルにわずらわされないような地域をケンタウルスに割り当てている。しかし、ケンタウルスはヒトから隠れる手段を自ら持ち合わせており、魔法界の保護をほとんど必要とし

---

*5　ケンタウルスがXXXX分類なのは、過度に攻撃的であるからではなく、充分な尊敬をもって待遇すべきゆえである。同じことがマーピープル（水中人）およびユニコーン（一角獣）にもあてはまる

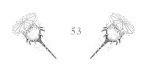

ない。

　ケンタウルスの習性は、謎に包まれている。一般的に、ケンタウルスはマグルを信用せず、それと同じくらい魔法使いをも信用していないし、実は、両者をほとんど区別していないようである。10頭から50頭の群れをなして生活する。魔法のいやし、占い、洋弓、天文学に精通しているという評判である。

キメラ
CHIMAERA

M.O.M.分類：XXXXX

　キメラはライオンの頭、山羊の胴体、ドラゴンの尾を持つ希少なギリシャの怪物である。凶暴で血に飢えているので非常に危険。キメラ退治に成功した例は1例しか知られておらず、しかもその直後、その魔法使いは、戦いで疲労困憊し、不運にも天馬（後述）から落ちて死んだ。卵は取引禁止品目Aクラスに指定されている。

チズパーフル
CHIZPURFLE

M.O.M.分類：XX

　チズパーフルは1〜2ミリ大の小寄生虫で、大きな牙を持ち、外見は蟹に似ている。魔法に惹かれて寄りつき、

クラップやオーグリーの体毛や羽にはびこることもある。魔法使いの家にも入り込み、魔法の器物を襲う。たとえば杖に取り憑いて、魔力のある杖芯のところまで徐々にかじり込んだり、汚れた大鍋の中に棲みついて、魔法薬がわずかでもこびりついていれば、それを貪り食ったりする。チズパーフルは、市販の特許魔法薬のどれかを使えば、容易に退治できるが、深刻な被害の場合には、魔法生物規制管理部の害虫班の出動が必要かもしれない。魔法物質で膨れ上がったチズパーフルは、かなり手ごわい。

---

*6 魔法が存在しない場合、チズパーフルは電気製品を内部から襲うことで知られている（電気とは何かをよりよく理解するためには、ウィルヘルム・ウィグワーシー著『イギリスにおけるマグルの家庭生活と社会的習慣』リトル・レッド・ブックス刊、1987年を参照）。まだ新しいマグルの電気製品が、原因不明で故障するのは、チズパーフルが寄生しているからである

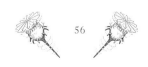

クラバート
CLABBERT

M.O.M.分類：XX

　クラバートは木に棲む生物で、猿と蛙をかけ合わせたような外見をしている。原産地はアメリカ南部の州であるが、以来世界中に輸出されてきた。毛のないなめらかな皮膚は緑色のブチで、手足には水かきがあり、長くて柔軟な腕と脚で、オランウータンのように敏捷に枝から枝へと渡り歩くことができる。頭部には短い角が生え、カミソリのような歯がぎっしり生えた大きな口は、笑っているように見える。クラバートの餌は、主に小さなトカゲと鳥である。

　最も際立った特徴は、額の真ん中にある大きなイボで、危険を察知すると真っ赤になって点滅する。アメリカの魔法使いは、マグルの接近をいち早く警告するようにと、クラバートを庭で飼っていたことがあったが、国際魔法使い連盟が罰金を課すようになってから、この習慣はほとんどすたれてしまった。夜になってクラバートのイボがずらりと輝く木の光景は、たしかに華やかではあった

が、近所のマグルが大勢やってきて、もう6月なのに、なぜクリスマス飾りをつけっぱなしなのか、と聞きたがったからだ。

クラップ
CRUP

M.O.M.分類：XXX

　原産地はイギリス南東部、枝分かれしたしっぽ以外は、ジャック・ラッセル・テリアに似ている。クラップは魔法使いにあくまでも忠実で、マグルに対しては獰猛であることから、魔法使いが創り出した犬だということはほとんど確実である。庭小人から古タイヤまで、何でも食べる偉大な掃除屋である。クラップを飼う許可証は、魔法生物規制管理部が発行する。許可証を申請する魔法使いは、簡単なテストを受け、マグル居住地域でクラップを管理する能力があることを証明する。クラップの飼い主は、マグルにそれと気づかれぬよう、生後6〜8週間で、クラップに痛みを感じない「切断呪文」をかけ、しっぽを取り除くことが法律で義務づけられている。

デミガイズ
DEMIGUISE
M.O.M.分類：XXXX

デミガイズは極東地域で見られるが、そうやすやすとは見ることができない。脅されると姿を消し、デミガイズ捕獲に熟達した魔法使いだけにしか見えなくなるからだ。

おとなしい草食動物で、優美な猿のような姿をしており、憂いを含んだ大きな黒い目は毛に隠れていることが多い。細く長い、絹のようなシルバーの毛が全身を覆っている。デミガイズの毛皮は、織れば透明マントになるので珍重されている。

ディリコール
DIRICAWL
M.O.M.分類：XX

モーリシャス原産。丸々した胴体に、ふわふわの羽を持った飛べない鳥。危険を逃がれる手段が際立っている。

フッと消えると、そのあとにふわふわの羽根が数枚浮かんでいる。そして別の場所にフッと現れる（不死鳥にも同じ能力がある。後述）。

　おもしろいことに、かつてマグルはディリコールの存在に充分に気づいていた。ただし、「ドードー鳥」の名で知っていた。ディリコールが思いのままに姿を消すことができるとは知らなかったので、マグルは、乱獲によってこの鳥が絶滅したと信じている。このことが、無差別に生き物を殺すことは危険だというマグルの認識を高めたようなので、国際魔法使い連盟は、ディリコールがまだ生存していることをマグルに認識させるのは、適切ではないとしてきた。

ドクシー（かみつき妖精として知られる）
DOXY

M.O.M.分類：XXX

　ドクシーはしばしば妖精（後述）とまちがえられるが、まったく別の種である。妖精と同じく、ヒトをミニチュアにした姿をしているが、ドクシーの場合は、黒い毛が

密生し、腕と脚が一対ずつ余分についている。羽は厚くて湾曲し、テラテラとカブトムシの羽のように光っている。北ヨーロッパ全体とアメリカに生息し、寒冷な気候を好む。1度に最高500個の卵を生み、それを地中に埋める。卵は2～3週間で孵化する。

ドクシーには2列に並んだ鋭い毒歯牙がある。かまれたら解毒剤を服用すること。

ドラゴン
DRAGON

M.O.M.分類：XXXXX

ドラゴンはおそらく最も有名な魔法動物であり、隠すのがまた一番難しい動物の一つ。一般的に雌のほうが雄より大きく、より攻撃的であるが、どちらにしても訓練を受けた熟達の魔法使い以外は、近づいてはならない。ドラゴンの皮、血液、心臓、肝臓、角は、強力な魔法特性を持っており、ドラゴンの卵は、取引禁止品目Aクラ

スに指定されている。

　ドラゴンには10種類あるが、時に異種間交配することが知られている。純血種は次のとおり。

オーストラリア・ニュージーランド・オパールアイ種
ANTIPODEAN OPALEYE

　ニュージーランド原産で、生まれた土地に生息地が少なくなってくると、オーストラリアに移住することが知られている。ドラゴンとしては珍しく、山岳よりも渓谷に生息する。中型（2〜3トン）。ドラゴンの中でもおそらく最も美しく、玉虫色に光る真珠のような鱗と、キラキラ光る多彩色の瞳孔のない目を持つ。そのことからオパールアイ種と命名された。この種は、非常に鮮やかな紅蓮の炎を吐くが、ドラゴンの基準に照らせばとくに攻撃的とはいえず、空腹時以外はめったに殺生はしない。好物は羊だが、より大型の獲物を攻撃することでも知られている。1970年代の終わりに、カンガルー殺しが続発したが、それは、ある強い雌によって生息地から追放された雄のオパールアイが引き起こしたものとされた。

オパールアイ種の卵は薄いグレー。軽率なるマグルは、卵を化石とまちがえることがある。

チャイニーズ・ファイアボール種　中国火の玉種

（獅子龍とも呼ばれる）

CHINESE FIREBALL

唯一の東洋種であり、極めて印象的な姿をしている。なめらかな深紅の鱗、獅子鼻で、顔のまわりに黄金色のとげのような房毛があり、目が極端に飛び出している。怒ると鼻腔からキノコ形の炎を噴き出すことから「火の玉」と命名された。体重は2〜4トンで、雌が雄より大きい。卵は鮮やかな茜色で、黄金色の斑点があり、殻は中国魔法に使われ、珍重されている。火の玉種は攻撃的であるが、ほかのドラゴンに比べると、同種のドラゴンに対しては寛容で、2頭までなら自分の領域にほかの火の玉種が生息するのを了承することがある。ほとんどの哺乳類を食するが、特に豚とヒトを好む。

63

ウェールズ・グリーン普通種
COMMON WELSH GREEN

　ウェールズ・グリーン種は、生息地の青々とした草地とよく溶け合うが、営巣地の高山に、この種の保存のために設けられた居留地がある。イルフラクーム事件はさておき（序論参照）、ドラゴンの中では最も扱いやすい種の一つで、オパールアイ種と同じく羊を好み、挑発しないかぎり、努めてヒトをさけている。ウェールズ・グリーン種の吼え声はすぐそれとわかり、驚くほど音楽的である。細く噴射するように炎を吐く。卵は茶褐色で、緑の斑点がある。

ヘブリデス・ブラック種
HEBRIDEAN BLACK

　ウェールズ種とともにイギリス原産であるが、より獰猛である。1頭につき100平方マイル（250平方キロ）もの領域を必要とする。体長は最大約10メートル。ざらざらした鱗とキラキラ輝く紫色の目を持つ。背中にそって、低いが剃刀のように鋭い隆起線が1本走ってい

る。尾の先端は矢の形にとがり、コウモリのような翼を
もっている。主にシカを餌としているが、大型犬や家畜
までさらってゆくことが知られている。ヘブリデス諸島
に何世紀にもわたって棲みついている魔法使いの一族、
マクファスティー家が、代々土着種のドラゴン管理の責
任を担っている。

ハンガリー・ホーンテイル種
HUNGARIAN HORNTAIL

　ドラゴン種の中で最も危険であるといわれているハン
ガリー・ホーンテイルは、黒い鱗を持ち、トカゲのよう
な姿をしている。黄色い目にブロンズ色の角、長い尾か
らは同じくブロンズ色のとげが突き出している。ホーン
テイルの吐く炎は、最も飛距離が長い（最長15メート
ル）。卵はセメント色で、殻はとても固い。卵から孵る
とき、すでに尾のとげがよく発達しており、尾で殻を打
ち破って出てくる。ハンガリー・ホーンテイルは、山羊、
羊を餌とし、チャンスがあればヒトも食べる。

ノルウェー・リッジバック種
NORWEGIAN RIDGEBACK

　ノルウェー・リッジバック種は多くの点でホーンテイル種に似ているが、尾のとげの代わりに、背中にそって、非常に目立つ漆黒の隆起部がある。同種のドラゴンに対して、桁外れに攻撃的であり、今では、リッジバック種は最も希少なドラゴン種になっている。陸上に棲むほとんどすべての大型哺乳類を襲うことで知られるが、ドラゴンには珍しく、水中に生息する生物をも食する。未確認情報だが、1802年、リッジバックがノルウェー沖で子鯨をさらったといわれている。卵は黒く、ほかのドラゴンより早く、火を吐く能力が発達する（生後1～3か月ころ）。

ペルー・バイパーツース種
PERUVIAN VIPERTOOTH

　既知のドラゴン種の中では最も小柄だが、飛ぶのは最も速い。体長わずか5メートルで、銅色の体になめらかな鱗を持ち、背中に黒い隆起線がある。角は短く、牙に

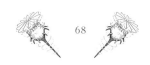

は猛毒がある。バイパーツースは山羊と牛を好んで食すが、ことさらヒトを好むため、バイパーツースが驚くべき勢いで増えつつあった19世紀末、その数を減らすため、国際魔法使い連盟が始末屋を送り込まざるをえなくなった。

ルーマニア・ロングホーン種
ROMANIAN LONGHORN

深緑色の鱗と、金色にきらめく長い角を持ち、その角で獲物を突き刺し、それから串焼きにする。角の粉末は魔法薬の材料として珍重されている。ロングホーンの生息地は、現在世界で一番重要な保留地になっており、世界中の魔法使いがさまざまなドラゴン種をそこで身近に研究している。角の取引が主な原因で、最近ロングホーンの数が激減しており、集中的な繁殖計画の対象となっている。ロングホーンの角は、取引可能品目Bクラス（危険物扱い。厳重管理品目）に指定されている。

69

スウェーデン・ショート-スナウト種
SWEDISH SHORT-SNOUT

魅力的なシルバーブルー色のドラゴンで、その皮は保護手袋や楯の製造用としてひっぱりだこである。鼻腔から出る炎は鮮やかなブルーで、木材や骨を瞬時に灰にしてしまう。他のドラゴンに比べて、ショート-スナウトがヒトを殺したという話は少ないが、もともと未開の地やヒトの住まない山中に棲むことを好むため、あまり誉めるわけにはいかない。

ウクライナ・アイアンベリー種
UKRAINIAN IRONBELLY

ドラゴンの中で最も大型の種。体重は6トンにも達するといわれる。でっぷりと肥え、バイパーツースやロングホーンより飛ぶのは遅いが、極めて危険なことに変わりはなく、アイアンベリーが住居の上に着陸すると、家は押しつぶされる。鱗はメタルグレーで、目は暗赤色、爪は極めて長く凶暴である。1799年に、1頭のアイアンベリーが黒海で小型帆船（幸いにも誰も乗っていな

かった）を運び去って以来、ウクライナの魔法当局が常時アイアンベリーを監視している。

ダグボッグ
DUGBOG

M.O.M.分類：XXX

　ヨーロッパと南北アメリカの湿地に生息する。静止状態では枯れ木に見えるが、よく見ると、ヒレのついた前足と鋭い歯が見つかる。小型哺乳類を餌にし、湿地の中をずるずるすべって移動し、歩いているヒトの足首にひどい傷を負わせる。ダグボッグの好物はマンドレイクで、マンドレイクの育苗業者は、大切なマンドレイクがダグボッグの餌食になり、葉だけを残してその下がかみちぎられ、血まみれになっているのを見つけるということがよくある。

エルクリング
ERKLING
M.O.M.分類：XXXX

エルクリングは小人妖精に似た生物で、原産地はドイツの「黒い森」である。庭小人より大きく（平均身長１メートル）、あごがとがり、クワックワッというかん高い声は、とりわけ子供たちを惹きつける。エルクリングは子供を保護者のもとからおびき出して食ってしまう。しかし、ドイツ魔法省が厳しく取りしまった結果、この２、３世紀の間に、エルクリング殺人の数が劇的に減少した。エルクリングの最後の襲撃として知られているのは、６歳の魔法使い、ブルーノ・シュミットに対するもので、その時はシュミット君が父親の折りたたみ式大鍋でエルクリングの頭をこっぴどくたたき、死に至らしめた。

エルンペント
ERUMPENT

M.O.M.分類：XXXX

　強大な力をもつ、大型で灰色のアフリカ産の動物。体重は1トンにもなり、遠目にはサイと見まちがわれることがある。厚く硬い皮膚は、大方の呪文も呪いもはねつ

けるし、鼻の上に大きな鋭い角、ロープのような長い尾を持っている。1度に1頭しか出産しない。

　ひどく刺激しなければ攻撃することはないが、いったん攻撃してくると、結果はたいてい大惨事になる。エルンペントの角は、皮膚から金属まで、ありとあらゆるものを貫くことができるし、致死的な毒液を持っており、その液を注入されたものは、すべて破裂してしまう。

　交尾シーズンになると、雄はしばしば互いを破裂させあうので、エルンペントの生息数は多くない。アフリカの魔法使いたちは、エルンペントの扱いには非常に気を使っている。エルンペントの角、尾、破裂液は、すべて魔法薬に使われるが、取引可能品目Bクラス（危険物扱い。厳重管理品目）に指定されている。

フェアリー（妖精）
FAIRY

M.O.M.分類：XX

妖精は、装飾的な小動物であるが、知性はほとんどない。[*7] 魔法使いは、しばしば装飾用に妖精を使ったり、呪文で呼び出したりするが、通常は森林地帯や林間の空地に生息する。身長は3～13センチほどで、ミニチュアのヒトのような体、頭、四肢を持つが、昆虫のような大きな羽を生やしている。羽は種類によって透明のものも多彩色のものもある。

妖精の魔力は、オーグリーなどの妖精捕食生物を阻止

[*7] マグルは妖精に弱い。妖精が主役になる子供のための童話はいろいろある。これらの「妖精話」つまりおとぎばなしには、はっきりとした個性を持ち、ヒトとしての会話ができる（吐き気をもよおすぐらい感傷的な会話が多いが）、羽の生えた生き物が登場する。マグルが想像する妖精は、花びらでできた家や、キノコをくり抜いて作った小さな家に棲んでいる。杖を持った姿で描かれることが多い。数ある魔法動物の中で、マグルのウケが一番いいのは妖精だといえる

するのに使う程度の弱い力である。喧嘩早い性格だが極端なうぬぼれ屋で、何かの折に飾り物の役目を要請されるとおとなしくなる。ヒトのような姿をしているが、話すことはできない。仲間とのコミュニケーションには、かん高い羽音を使う。

　1度に最大50個の卵を葉の裏に生みつける。孵化すると派手な色の幼虫になる。孵化後6〜10日で蛹になり、1か月で羽化して、完全な形の大人の妖精になる。

ファイア・クラブ（火蟹）
FIRE CRAB
M.O.M.分類：XXX

　名前に反し、火蟹は宝石をちりばめた甲羅を持ち、大型の陸亀に非常によく似ている。原産地のフィジーでは、ある海岸一帯を保護区にした。高価な甲羅に目がくらむであろうマグルからばかりでなく、甲羅を使って貴重な大鍋を作ろうとする、不心得者の魔法使いから護るためでもある。しかし火蟹は自衛の仕組みを持っている。攻撃されると尻から火を噴くのだ。火蟹はペット

として輸出されるが、特別許可証が必要である。

フロバーワーム（レタス食い虫）
FLOBBERWORM
M.O.M.分類：X

　フロバーワームは、じめじめしたどぶに生息する。体長25センチ程度まで成長する褐色の太い虫で、ほとんど動かない。前後まったく区別がつかず、両端から粘液を分泌するのがフロバーという名の由来。この粘液は魔法薬を濃くするのに使うことがある。ほとんどんな野菜でも食べるが、好物はレタス。

フウーパー
FWOOPER
M.O.M.分類：XXX

　極めて鮮やかな彩りの羽毛を持つ、アフリカ産の鳥。色はオレンジ、ピンク、ライムグリーン、黄色など。昔から飾り羽根ペンの材料として使われてきた。鮮やかな模様の卵を産む。フウーパーの歌声は最初こそ楽しませ

てくれるが、長く聞くとついには聞き手が正気を失う。そこで、フウーパーは沈黙呪文をかけた状態で売買される。呪文は毎月かけ直す必要がある。この生物は責任を持って扱わなければならないので、フウーパーの飼い主には許可証が必要である。

＊8　「奇人ウリック」はフウーパーの歌声が実は健康のためによいと実証するために、ぶっ続けで３か月間歌を聞き続けた。その結果を魔法使い評議会に報告したが、評議会は残念ながら、納得しなかった。というのも、ウリックは評議会にかつらを着けただけの姿で出席し、よく調べると、そのかつらは死んだアナグマだったからだ。

グールお化け
GHOUL

M.O.M.分類：XX

グールは醜いが、とくに危険な生き物というわけではない。ぬるぬるした出っ歯の人食い鬼に似た姿をしており、普通は魔法使いの家の屋根裏部屋や納屋に住み、クモや蛾を食する。うめき声を上げたり、ときどき周りに物を投げつけるが、本質的には単純で、最悪の場合でも、せいぜい出くわした者に向かって威嚇的にうなる程度である。魔法生物規制管理部にはグール機動隊があり、マグルの手にわたった住居に棲みついているグールお化けを除去する仕事をしている。しかし魔法使いの家では、グールはしばしば話の種になったり、家族のペットになったりすることもある。

グランバンブル
GLUMBUMBLE

M.O.M.分類：XXX

　グランバンブル（北ヨーロッパ産）は、灰色の毛に覆われた羽虫で、憂鬱症を引き起こす糖蜜を作る。この糖蜜は、アリホツィーの葉を食べて起こるヒステリー症状の解毒剤として使われる。ミツバチの巣にはびこり、蜂蜜に惨憺たる被害を与えることが知られている。木のうろや洞窟など、暗く人里離れた場所に巣を作る。イラクサを常食とする。

ノーム（庭小人）
GNOME

M.O.M.分類：XX

　ノームは北ヨーロッパおよび北アメリカに広く生息するごくありふれた庭の害獣である。背丈はせいぜい30センチほどで不釣り合いに大きな頭と、ゴツゴツした足をしている。ノームを庭から駆除するには目を回すまで振り回し、塀の外に放り投げる。ジャービーを使って追

い払うこともできるが、最近ではこの方法は残酷過ぎると考える魔法使いが多い。

グラップホーン
GRAPHORN
M.O.M.分類：XXXX

　グラップホーンはヨーロッパの山岳地帯に生息する。大型で灰色がかった紫色。背中にこぶが1つある。非常に長く鋭い角が2本あり、親指4本の大きな足で歩く、極めて攻撃的な性格。ときどき山トロールがその背に乗っているのを見かけるが、グラップホーンとしては、飼い馴らそうなどという試みをおとなしく受け入れているようには見えず、むしろグラップホーンに傷だらけにされたトロールを見ることのほうが多い。グラップホーンの角を粉末にしたものは、魔法薬によく使われるが、収集するのが難しいため、極めて高価である。グラップホーンの皮はドラゴンのよりも強靱で、ほとんどの呪文をはね返す。

グリフィン
GRIFFIN
M.O.M.分類：XXXX

　原産地はギリシャで、前脚と頭は巨大なワシ、胴体と後脚はライオン。スフィンクス（後述）と同じく、グリフィンは魔法使いが宝物を守るためにしばしば使われる。凶暴だが、ごく一握りの熟達の魔法使いが、これを手なずけることが知られている。グリフィンは生肉を食する。

グリンデロー（水魔）
GRINDYLOW
M.O.M.分類：XX

　水に棲む薄緑色の魔物で、角がある。イギリスおよびアイルランドの湖に生息する。小魚を餌とし、魔法使いにもマグルにも同じく攻撃的であるが、水中人が飼い馴らしていることは知られている。非常に長い指を持ち、しめつける力は強いがすぐ折れる。

ハイドビハインド妖怪
HIDEBEHIND

M.O.M.分類　××××

偶然創り出された種で、旧世界の犯罪者、フィニアス・フレッチャーによって北米に持ちこまれた。フレッチャーは禁輸品や生物を売買する商売人で、新世界にデミガイズを密輸入して透明マントを作ろうとしていた。そのデミガイズが船中で逃げ出し、密航していたグールお化けと交わった。そこで生まれたのがハイドビハインドで、フィニアスの船の停泊中にマサチューセッツ州の森に逃げ込み、今もなおその地域で子孫がはびこり続けている。ハイドビハインドは夜行性で、透明になる能力がある。目撃者の話では、シルバーの毛におおわれた背の高い生物で、やせた熊のようだと言う。好んでヒトを餌食にするが、魔法動物学者は、不幸にして捕らわれた動物を虐待していたことで知られるフィニアス・フレッチャーの残虐さのせいではないかと推測している。

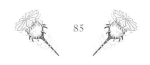

ヒッポカンポス（海馬）
HIPPOCAMPUS
M.O.M.分類：XXX

　ギリシャを原産地とするヒッポカンポスは、頭と前半分は馬、しっぽと後ろ半分は巨大な魚の形をしている。通常地中海に生息するが、1949年にスコットランド海岸の沖で、水中人が見事な青葦毛のヒッポカンポスを捕獲し、それを飼い馴らした。卵を生む。卵は半透明で大きく、中におたまじゃくしならぬ、仔馬じゃくしが透けて見える。

ヒッポグリフ
HIPPOGRIFF

M.O.M.分類：XXX

　ヒッポグリフはヨーロッパ原産であるが、現在は世界中で見られる。頭は大鷲、胴体は馬。飼い馴らすことができるが、専門家のみが飼育を許されている。ヒッポグリフに近づく時は、視線をはずしてはならない。おじぎはこちらに悪意のないことを示す。ヒッポグリフが挨拶

を返してきたら、さらに近づいて安全である。
　地面を掘って虫を捕食するが、鳥や小型哺乳類も食する。繁殖期のヒッポグリフは、地上に巣を作り、大きくて壊れやすい卵を1個だけ生む。これが24時間以内に孵化する。ヒッポグリフの雛は、1週間以内に飛べるようになるが、親について長旅ができるようになるには数か月かかる。

ホダッグ
HODAG

M.O.M.分類：×××

　大型犬ほどの生物で、角があり、赤く燃える目と長い牙を持つ。ホダッグの魔法力は主にその角にあり、粉末にしたものを摂取すれば、アルコール飲料の影響を受けなくなるし、七日七晩眠らずに活動を続けることができる。スナリーガスターと同じく、北米原産の生物でその奇妙な行動はマグルの関心と好奇心を煽ってきた。主にムーンカーフを餌食にするため、夜になるとマグルの農場に引き寄せられることになる。マクーザのノー・マジ

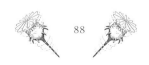

誤報部は、かなり苦労して、ホダッグを目撃したなどというのはでっちあげだとマグルに信じこませることに成功した。現在では、この生物をウィスコンシン州周辺の保護地域のみに押さえ込むことに、おおむね成功している。

ホークランプ
HORKLUMP

M.O.M.分類：X

スカンジナビア原産であるが、現在では北ヨーロッパ全域に広く分布する。多肉質のピンクのキノコに似ていて、針金のような黒い剛毛がまばらに生えている。繁殖力が強く、普通の庭であれば数日で覆ってしまう。根ではなく筋張った触手をあちこちに伸ばして、好物のミミズを探す。ホークランプは庭小人の大好物だが、ほかにはさしたる用途はない。

ホーンド・サーペント（角水蛇）
HORNED SERPENT

**M.O.M.分類：××××× **

　角水蛇は、世界中にいくつかの種類が存在している。極東では相当数の個体が捕獲されているし、中世の動物寓話集によれば、かつては西ヨーロッパにも生息していたが、魔法薬の材料を求める魔法使いたちに狩りつくされて絶滅したという。現存する角水蛇は北米にもっとも多く、種類も一番豊富である。その中でも特に有名で高

価な角水蛇は、額に宝石を戴き、それが透明になる能力と飛ぶ能力を与えると言われている。イルヴァーモーニー魔法魔術学校の創始者、イゾルト・セイアには、一匹の角水蛇との伝説がある。セイアはこの角水蛇と心を通わせることができたと言われており、この角水蛇が、セイアに自分の角を削らせ、それを芯にしてアメリカで最初の魔法の杖が作られた。イルヴァーモーニー校の4つの寮の1つに、角水蛇という名前が付けられている。

インプ（小鬼妖精）
IMP
M.O.M.分類：XX

イギリスおよびアイルランドにのみ生息する。しばしばピクシーと混同される。背丈はほぼ同じくらい（15〜20センチ）だが、ピクシーとちがって飛べないし、色鮮やかでもない（普通暗褐色か

ら黒色）。しかし、ピクシーと同様、ドタバタ喜劇的なユーモアのセンスがある。じめじめした湿地帯を好み、川岸などによく見られ、そこでぼんやりしている者を押したりつまずかせたりして楽しんでいる。小さな昆虫を食し、繁殖の仕方は妖精によく似ている。ただし、インプは繭を紡がない。孵化したときの形は完全に大人と同じで、背丈は約３センチである。

ジャービー
JARVEY
M.O.M.分類：XXX

イギリス、アイルランドおよび北アメリカで見られる。多くの点で、大きくなり過ぎたフェレット（ケナガイタチ）に類似しているが、言葉を話すところがちがう。しかし真の会話はジャービーの

知力のおよぶところではなく、短い（しばしば無作法な）言葉だけにかぎられ、ほとんど絶え間なくしゃべりまくる。ジャービーは主に地中に棲み、庭小人を追いかけるが、モグラ、ネズミ、ハタネズミなども食す。

ジョバーノール
JOBBERKNOLL
M.O.M.分類：XX

ジョバーノール（北ヨーロッパ、およびアメリカ原産）は、ブルーの斑点がある小さな鳥で、小さい虫を食べる。死の瞬間までまったく声を出さないが、時がくると、それまでに聞いたことのあるすべての音を1つの長い叫びに込め、一番新しい音から一番古い音へと順にさかのぼって吐き出していく。ジョバーノールの羽根は自白用血清や記憶魔法薬に使われる。

カッパ（河童）
KAPPA
M.O.M.分類：XXXX

河童は日本の水魔で、浅い池や川に生息する。体毛の代わりに魚の鱗に覆われた猿のようだといわれる。頭のてっぺんがへこみ、そこに水がたまっている。

河童はヒトの生き血を吸うが、名前を刻み込んだキュウリを放り投げてやると、その名前のヒトには悪さをしないようにすることができる。出くわしてしまったら、魔法使いは河童をだましておじぎをさせること——おじぎをすると、頭の皿から水がこぼれ、河童はすべての力を失う。

ケルピー（水魔）
KELPIE
M.O.M.分類：XXXX

イギリスおよびアイルランドの水魔で、さまざまな姿

形をとることができるが、蒲の穂をたてがみに使った馬の姿になることが最も多い。油断している者を背中に乗せ、そのまま川や湖の底までまっすぐ飛び込み、乗り手を食い殺すので、その内臓だけが水面に上がってくる。ケルピーを打ち負かす正しい方法は、「縄かけ呪文」により、手綱をかけることで、ケルピーは従順になり、恐れる必要がなくなる。

　世界で最大のケルピーは、スコットランドのネス湖で見つかった。好んで海蛇（後述）の姿をとる。マグルの調査団がやってきたときに、海蛇がカワウソに変身し、誰もいなくなるとまた蛇の姿に戻ったので、これは本物の海蛇ではないと、国際魔法使い連盟の監視人たちは気づいた。

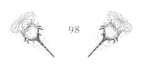

ナール
KNARL
M.O.M.分類：×××

　マグルはナール（北ヨーロッパおよびアメリカ原産）をハリネズミとまちがえることが多い。この2つはまっ

たく区別がつかないが、1つだけその行動に重大なちがいがある。ハリネズミ用に庭に餌が置かれていると、ハリネズミはありがたくそれをちょうだいするが、ナールの場合は、庭に餌が供えられていると、家主が自分を罠にかけようとしていると考え、その庭の植物や飾り物をめちゃめちゃに壊してしまう。子供マグルが、いたずらして壊したと叱られることが多いが、真犯人は腹を立てたナールだ。

ニーズル
KNEAZLE
M.O.M.分類：XXX

もともとイギリスで飼育されたが、今や世界中に輸出されている。猫に似た小型の生物で、毛は斑点、斑入り、ブチなどである。特大の耳とライオンのような尾を持つ。知的で自立しており、ときどき攻撃的になるが、魔法使いや魔女の誰かになつくと、すばらしい

ペットになる。ニーズルには摩訶不思議な能力が備わっており、いやなやつとか怪しげなやつを見分けることができるので、飼い主が道に迷ったときなど、無事に帰宅するための道案内として頼りになる。ニーズルは一胎で8匹まで妊娠でき、猫との異種交配も可能である。マグルの興味を引くに足る珍しい姿をしているが、飼うには（クラップやフウーパーと同じく）許可証が必要である。

レプラコーン
（時にはクローリーコーンとしても知られる）
LEPRECHAUN
M.O.M.分類：XXX

妖精よりは知能が高く、インプ、ピクシー、ドクシーなどほど性悪ではないが、やはりいたずら好きである。アイルランドにしか生息しない。身長は最大でも20センチで、緑色をしている。木の葉でごく簡単な服を作ることで知られる。「小さなヒト」の中で唯一、レプラコーンだけが話すことができるが、「ヒトたる存在」として分類しなおすように要求したことはない。レプラコーンは主に森や森林地帯に生息し、妊娠して子を産む。マグルの注意を引くことが好きで、その結果、妖精と同じくらい頻繁にマグルの児童文学に登場する。本物そっくりの黄金のような物質を作り出すが、それが2〜3時間で消滅するのを、大いにおもしろがっている。

レプラコーンは木の葉を食べる。いたずら者との定評

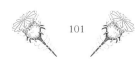

はあるが、いまだかつてヒトに対して、後々まで残るようなひどいダメージを与えたことはない。

レシフォールド
(「リビング・シュラウド（生ける経帷子）」としても知られる)
LETHIFOLD
M.O.M.分類：XXXXX

　レシフォールドはありがたいことに希少生物で、熱帯地方にしか見られない。黒いマントのような姿で、厚さは2センチ足らず（獲物を殺し、消化したばかりであればもっと厚い）、夜中に地上をすべるように移動する。レシフォールドに関する最も古い記述としては、1782年にパプア・ニューギニアで休暇中にレシフォールドに襲われ、幸い一命を取り止めた魔法使い、フラビウス・ベルビーによるものがある。

　　　夜中の1時近く、とろとろしかけたころ、近くでカサカサというやわらかい音が聞こえた。外の木の葉の音だろうと思い、寝返りを打って

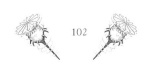

窓に背を向けたとき、形のない黒い影のようなものが寝室のドアの下をすべってくるのが見えた。月明かりしかない部屋に、なんでそんな影ができるのだろうと、眠い頭で考えながら、私はじっとしていた。私がまったく動かないので、レシフォールドは狙った獲物が眠っていると思ったにちがいない。

　恐ろしいことに、影はベッドにはい上がりはじめ、その重さを私はかすかに感じた。まるで黒いケープが小刻みに波打っているかのように、端のほうをわずかにはためかせながら、「それ」はずるずるとベッドをはい登り、私のほうにやってきた。恐怖でしびれ、動けないまま、私は「それ」があごに触れるベトッとした冷たい感触を感じて、ガバッと起き上がった。
「それ」は私を窒息させようと、すべりながら容赦なく顔や口や鼻孔に覆いかぶさってきた。全身に巻きつくような冷たさに終始耐えながら、私はもがき続けた。声を上げて助けを呼ぶこと

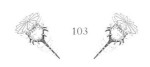

103

もできず、私は手探りで杖を探した。「それ」が私の顔を完全に覆いきったので、息もできずくらくらしたが、力のかぎりを振りしぼって「失神呪文」に集中した——呪文は寝室のドアに穴をぶち開けたが、その生き物をおとなしくさせることはできなかった——そこで「妨害の呪い」に念力を込めたが、またしても効果なしだった。激しくもがきながら、私は横に転がり、

床にドサリと落ちた。今や完全にレシフォールドに包み込まれてしまっていた。

息が詰まり、もはや完全に気を失う寸前だと私にはわかった。死に物狂いで、私は最後の力を振りしぼった。杖を自分と逆の方向に向け、巻きつくレシフォールドの死の包みに向けて、私は近所のゴグストーン・クラブの会長に選出された日の思い出を呼び覚まし、守護霊の呪文

をかけた。

　そのとたん顔に新鮮な空気を感じた。見上げると、死の影が、私の守護霊の角で空中に放られたところだった。「それ」は部屋を横切るように飛び、瞬く間に見えなくなった。

　ベルビーが劇的な形で明らかにしているように、レシフォールドを撃退することがわかっているのは「守護霊の呪文」しかない。しかし、通常は眠っている者を襲うので、何らかの魔法を使う機会さえめったにない。獲物を首尾よく窒息させたあと、レシフォールドは獲物をベッドの上で、その時、その場で消化する。それから、

＊9　その場にいたことの形跡さえ残さないので、レシフォールドの犠牲者を数えるのはほとんど不可能である。不謹慎な目的で、レシフォールドに殺されたかのように装った魔法使いの数を数えるほうが簡単だ。最近のそうしたいかさまの例として、1973年に魔法使いヤヌス・キッシーが姿を消したことがある。ベッド脇のテーブルに、「ああ、レシフォールドにやられた。息がつまる」という走り書き

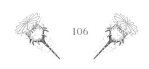

前より少し厚く、太くなり、自らの痕跡も犠牲者の痕跡もまったく残さずに、レシフォールドはその家を出ていく。*り

ロバラグ
LOBALUG
M.O.M.分類：XXX

　ロバラグは北海の海底に生息している。体長25センチの単純な生物で、ゴム状の汐吹き口と毒液嚢を持つ。脅すと毒液嚢が縮み、敵に向かって毒を吹きかける。水中人はロバラグを武器として使い、魔法使いは魔法薬に使うためにその毒を抽出するが、この行為は厳重に管理されている。

　だけが残っていた。染み一つないもぬけの殻のベッドを見て、そういう生き物がヤヌスを殺したにちがいないと思い込んだ妻と子は、きっちり喪に服していたが、家から8キロ離れたところで、ヤヌスがグリーン・ドラゴンの女主人と一緒に暮らしているのが見つかり、喪はぶざまに終了した

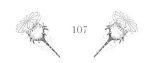

マックルド・マラクロー
MACKLED MALACLAW

M.O.M.分類：XXX

マラクローは陸生生物であるが、主にヨーロッパ各地の岩の多い海岸に生息する。一見ロブスターに似ているが、絶対食べてはいけない。その肉はヒトが食すのに適さず、食べると高熱が出て、見苦しい緑の吹き出物ができる。

マラクローは体長が最大30センチほどになることがあり、明るいグレーに深緑色の斑点を有する。小型の甲殻類を食し、大きな餌食を狙うこともある。マラクローにかまれると、負傷してから最長1週間は運が悪いという、変わった副作用がある。マラクローにかまれたら、賭け、賭博、投機などはすべて取りやめにすべきである。必ず裏目に出るので。

マンティコア
MANTICORE

M.O.M.分類：XXXXX

　マンティコアは極めて危険なギリシャの動物で、頭はヒト、胴体はライオン、尾はサソリ。キメラと同様に危険で希少。獲物を貪り食うとき、小声で嘆きの歌を口ずさむことで有名である。マンティコアの皮は既知の呪文をほとんどすべてはねつけるし、刺されると即死する。

マーピープル（水中人）
（別名セイレン、セルキー、メロウなど）
MERPEOPLE

M.O.M.分類：XXXX [*10]

　マーピープルは世界中に生息しているが、ヒト同様、外見はさまざまである。その生活習慣は、ケンタウルスと同様、謎に包まれているが、マーミッシュ語に堪能な魔法使いによると、それぞれの生息地に、大小さまざま

---

*10　ケンタウルスの項の注を参照

な高度に組織化された集団があり、中には混み入った造作の住居を持つものもあるということである。ケンタウルスと同じく、マーピープルも「ヒトとしての存在」の地位を辞退し、「動物」に分類されることを選んだ（序論参照）。

　記録上最古のマーピープルはセイレン（ギリシャ）で、より温かい水の中で見られる美女、マーメイドは、マグルの文学や絵画に頻繁に描かれている。スコットランドのセルキーあざらしやアイルランドのメロウはそれほど美しくないが、音楽を愛好するという、マーピープルすべてに共通する特徴を備えている。

モーク
MOKE

M.O.M.分類：XXX

　モークはシルバーグリーンのトカゲで、体長は25センチにおよぶものもある。イギリスおよびアイルランド全域に生息する。自由自在に縮む能力を持ち、そのためマグルに気づかれたことはない。

モークの皮は鱗状の材質で、見知らぬ人が近づくと、皮のかつて主だったモークが縮んだと同様、皮も縮んでしまうので、魔法使いは財布やがま口の材料として珍重している。泥棒がモーク革の財布を見つけ出すのは大変困難だ。

ムーンカーフ
MOONCALF

M.O.M.分類：XX

ムーンカーフは極めて内気な生物で、満月のときだけ隠れ穴から出てくる。灰白色の胴体はすべすべとして、頭のてっぺんに丸い目が飛び出し、四肢はひょろりと細長く、巨大で扁平な足を持っている。月明かりのもと、誰もいない場所で、後脚で立って複雑なダンスをする。これは交尾の前兆といわれる（しばしば小麦畑に複雑な幾何学模様を残すので、マグルは大いに首をかしげる）。

月明かりにムーンカーフのダンスを見るのは、うっとりするような経験で、時に実益ももたらす。太陽の昇る前に銀色の糞を集め、魔法薬草や花壇にまくと、植物が

非常に早く成長し、しかも極めて丈夫に育つ。ムーン
カーフは世界中に生息する。

マートラップ
MURTLAP
M.O.M.分類：XXX

　マートラップはねずみのような生物で、イギリスの海
岸地域に生息する。背中にイソギンチャクに似た物を生
やしている。この生えている物をピクルスにして食せば、
呪いやジンクスに対する抵抗力を増強させるが、食べ過
ぎると耳からみっともない紫色の毛が生えてくる。マー
トラップは甲殻類を餌にすると同時に、自分を踏みつけ
にする愚か者の足を無差別に食う。

ニフラー
NIFFLER

M.O.M.分類（ぶんるい）：XXX

ニフラーはイギリスの動物（どうぶつ）である。長（なが）い鼻（はな）で穴（あな）を掘（ほ）る。このふわふわした黒（くろ）い動物（どうぶつ）は、キラキラ光（ひか）る物（もの）なら何（なん）でも好（この）む性癖（せいへき）がある。地中（ちちゅう）深（ふか）く埋（う）もれる宝（たから）を掘（ほ）らせるために、小鬼（ゴブリン）がよくニフラーを飼（か）う。

ニフラーは温和で愛情深いとさえいえるが、家具その他を破壊してしまう可能性があるので、けっして屋内で飼育するべきではない。ニフラーの巣は最深地下6メートルにおよび、1度に6〜8匹の子を産む。

ノグテイル
NOGTAIL

M.O.M.分類：XXX

ヨーロッパ、ロシア、アメリカにまたがって農村地域に生息する悪鬼。姿は発育不良の仔豚に似通い、長い脚、太く短いしっぽ、細く黒い目を持つ。ノグテイルは豚小屋に忍び込み、仔豚と並んで母親の雌豚の乳を飲む。ノグテイルの発見が遅れれば遅れるほど、大きく成長すればするほど、その農村は長く荒廃する。

ノグテイルは極めてすばやいので、捕まえるのは難しいが、純白の犬に追われて農場の境界の外に出ると、けっして戻ってこない。このため、魔法生物規制管理部（害虫・害獣班）では、真っ白なブラッドハウンド犬を12頭ほど飼っている。

ヌンドゥ
NUNDU

M.O.M.分類：XXXXX

　東部アフリカに生息するこの動物は、世界で最も危険な動物だという説もある。巨大な豹で、大型であるにもかかわらず、音も立てずに動く。その吐く息は、村1つ絶滅させるほどの激烈な病をもたらす。熟練した魔法使いが束になってかかっても、1度に100人以下ではこれをしずめられたためしがない。

オカミー
OCCAMY

M.O.M.分類：XXXX

極東およびインドに生息する。飾り羽を持つ、2本足の有翼の生物で、胴体は蛇。最大5メートルほどの長さになる。主にネズミと鳥を餌にするが、猿をさらうことも知られている。近づくすべてのものに対して攻撃的で、特に、最高に柔らかい純銀の殻でできた卵を守るために攻撃する。

フェニックス（不死鳥）
PHOENIX
M.O.M.分類：XXXX[*11]

不死鳥は白鳥大のすばらしい真紅の鳥で、金色の長い尾、くちばし、鉤爪を持つ。エジプト、インド、中国に生息し、山の頂に巣を作る。体が衰えはじめると、炎となって燃え上がったあと、灰の中から雛として蘇ることができるため、大変な長寿である。穏やかな生き物で、殺生をした記録がない。草食である。ディリコール（前述）と同じく、自由自在に姿を消したり、現したりすることができる。不死鳥の歌は魔力を持つ。心正しき者にはますます勇気を与え、悪しき者の心を恐怖におとしいれるといわれる。不死鳥の涙には強力ないやしの力がある。

---

*11 不死鳥の分類がXXXXなのは、攻撃的な生物だからではなく、これをうまく飼い馴らした魔法使いがほとんどいないことによる

ピクシー（ピクシー妖精）
PIXIE

M.O.M.分類：XXX

　イギリスのコーンウォール地方に多く見られる。冴えた青色で、背丈は最大20センチほどになる。非常にいたずら者で、ありとあらゆるいたずら、悪ふざけを喜ぶ。

羽はないが飛ぶことができ、ぼんやりしているヒトの耳をつかんで、高い木や建物のてっぺんに置き去りにすることで知られる。ピクシーは仲間うちにだけにわかるかん高いペチャクチャ声を出す。妊娠して、子を産む。

プリンピー
PLIMPY

M.O.M.分類：XXX

　球形でブチのある魚で、先端に水かきのある2本の長い脚を持つのが特徴。深い湖に生息し、餌を求めて湖底を徘徊する。好物は水カタツムリ。プリンピーは特に危険というわけではないが、泳いでいると足や衣服をかじる。水中人はプリンピーを害獣とみなし、そのゴムのような2本の足を結びつけてしまう。するとプリンピーは舵がきかず、流れのままに漂っていなくなる。自分で足を解くまでは戻れないが、それには何時間もかかる。

121

ポグレビン
POGREBIN

M.O.M.分類：XXX

　ポグレビンはロシアの悪鬼で、背丈は30センチ足らず、体は毛深いが、特大の頭は灰色ですべすべしている。しゃがみ込むと、つやつやした丸い岩に見える。ポグレビンはヒトに惹きつけられ、尾行を楽しむ。ヒトの影に入って尾行し、そのヒトが振り返ると、サッとしゃがみ込む。長時間にわたって尾行が続くと、獲物になったヒトは、むなしさに囚われ、ついには無気力、絶望状態におちいる。獲物が歩くのを止め、がっくりとひざをついて、何もかも無意味だと泣きだすと、ポグレビンが飛びかかり、獲物を貪り食おうとする。しかしポグレビンは簡単な呪いや「失神呪文」で追い払うことができる。けっとばすのも効果的だとわかっている。

ポーロック
PORLOCK

M.O.M.分類：XX

　イギリス・ドーセット州とアイルランド南部に生息し、馬の守護者である。くしゃくしゃの毛で体中覆われ、ごわごわした頭髪がたっぷりと生え、鼻は並はずれて大きい。2本足で歩き、足先は2つに割れたひづめ。腕は小さく、先端はずんぐりした4本指。大人のポーロックは背丈が60センチほどになり、草食性である。

　ポーロックは内気で、馬を守るために生きている。馬小屋の藁の中で丸くなって寝ていたり、自分が守っている馬の群れの中に隠れていたりする。ポーロックはヒトを信用しておらず、ヒトが近づくと必ず隠れてしまう。

パフスケイン
PUFFSKEIN

M.O.M.分類：XX

　パフスケインは世界中に分布する。球形で、柔らかいクリーム色の毛で覆われている。従順な生き物で、抱き

しめられても放り投げられても文句をいわない。満足すると　フンフンと口ずさむような低い音を出すので、世話も簡単である。時折、細長いピンクの舌を毛の奥のほうから伸ばし、餌を探して家の中をくねくねはいずり回る。パフスケインは残り物からクモまで食べるごみ掃除屋であるが、眠っている魔法使いの鼻に舌を伸ばして鼻クソを食べるのがとくに好きである。こうした性質があるため、何世代にもわたって魔法使いの子供たちに愛され、いまだにペットとして非常に人気が高い。

クィンタペッド
（または毛むくじゃらマクブーン
Hairy Macboonとして知られる）
QUINTAPED
M.O.M.分類：XXXXX

　非常に危険な肉食動物で、特にヒトを好物とする。胴体は赤褐色の毛で厚く覆われて低い位置にぶら下がっており、同じ毛で覆われた5本脚は先端が内側に折れ込んでいる。スコットランド北端の沖合いにあるドレア島のみに生息する。このためドレア島は地図上で見つからないようになっている。

　伝説によれば、かつてドレア島にはマクリバート家とマクブーン家という2家族の魔法使いが住んでいた。マクリバート家の長であるドゥガルドと、マクブーン家の長クインティウスが、酔ったあげくに決闘をし、ドゥガルドが死亡したという。その報復のために、と話は続くのだが、ある夜マクリバート一族が、マクブーン邸を取り囲み、1人残らず5本脚の怪獣に変えてしまったという。マクリバート一族は、変身した状態のマクブーン一

族のほうが、かえって危険極まりないということに気づいたが、あとの祭りだった（マクブーン一族は魔法に関しては無能力だという評判だった）。その上マクブーン一族は、元どおりのヒトの姿に戻そうとするあらゆる試みに抵抗した。怪獣はマクリバート一族を皆殺しにし、島にはヒト１人いなくなった。その時になってやっと、マクブーン怪獣は、杖を振るうものが誰もいなくなれば、自分たちは永久にその姿のままでいなければならないと気づいた。

　この話が真実かどうかは誰も知らない。祖先に何が起きたかを語ってくれるマクリバート族もマクブーン族も生き残っていないのだから。クィンタペッドは話ができず、魔法生物規制管理部が標本用に捕まえて変身解除してみようとする試みに、激しく抵抗し続けた。そこで我々は、この動物が、実はその別名が示唆するように「毛むくじゃらマクブーン」だったとしても、動物として生き抜くことにすっかり満足していると考えざるをえない。

ラモラ
RAMORA
M.O.M.分類：XX

ラモラはインド洋に見られる銀色の魚である。強い魔力で船を係留することができ、船乗りの守護者である。国際魔法使い連盟はラモラを高く評価し、魔法使いの密猟者からラモラを守るべく、さまざまな法律を施行している。

レッドキャップ（赤帽鬼）
RED CAP
M.O.M.分類：XXX

小人に似た生き物で、古戦場の穴や、そのほかヒトの血が流されたところならどこにでも棲みつく。呪文や呪いで簡単に追い払うことができるが、闇夜にマグルがたった1人でいると、棍棒で殴り殺そうとするので、非常に危険である。赤帽鬼は北ヨーロッパに最も多く見られる。

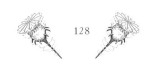

リーエム
RE'EM

M.O.M.分類：XXXX

黄金の獣皮を持つ非常に珍しい巨大な雄牛で、北アメリカと極東の荒野に生息する。リーエムの血を飲むとかぎりない力が湧くが、入手困難であり、供給がほとんどないため、市場で売られることはめったにない。

ルーンスプール
RUNESPOOR

M.O.M.分類：XXXX

原産地はアフリカの小国、ブルキナファソ。三叉の蛇で、通常1.8〜2.1メートルの長さになる。赤みがかったオレンジ色で黒いしまがあるので、あまりにも目につきやすい。そこでブルキナファソの魔法省は、ルーンスプール専用の森をいくつか指定して、地図にのらないようにした。

ルーンスプール自体はそれほど獰猛ではないが、かつて闇の魔法使いたちのペットとして好まれたことがある。

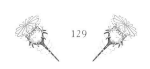

もちろん外見が際立っているし、威嚇的だからである。
我々がルーンスプールの珍しい習性を理解できるのは、この蛇を飼い、話をしたパーセルマウス（蛇語使い）が残した文書のおかげである。こうした文書から、ルーンスプールの３つの頭にはそれぞれ異なった役割があることがわかる。左の頭（ルーンスプールに向き合ったとき魔法使い側から見て左）は、立案者。どこへ行くか、次に何をするかを決定する。真ん中の頭は夢想家（ルーン

スプールは輝かしいビジョンや空想にとらわれて、何日もじっと動かないことがある）。右の頭は批評家で、絶え間なく耳障りなシュシュシュという音を立て、左頭と中頭の作業を評価する。右頭の牙は極めて有毒である。それぞれの頭がほかの頭を攻撃する傾向があるので、長生きすることは稀である。2つの頭が団結して右頭をかみ切ったため右頭がなくなった姿をよく見かける。

　口から卵を産む。これは魔法動物の中でもルーンスプールのみである。この卵は、鋭敏な知力を高める魔法薬を作るのに非常に価値がある。ルーンスプールもその卵も、数世紀にわたり闇市場でさかんに取引された。

サラマンダー（火トカゲ）
SALAMANDER
M.O.M.分類：XXX

　サラマンダーは火の中に棲み、炎を餌にする小型のトカゲである。輝くような白色だが、姿を現すときの火の温度によって、青色に見えたり紅色に見えたりする。

　きちんと定時に胡椒を与えさえすれば、火の外でも最長6時間まで生きることができる。サラマンダーは、自分が生まれ出た火が燃え続けるかぎり生き続けることができる。その血液は強力な治癒・回復力を持つ。

シー・サーペント（海蛇）
SEA SERPENT
M.O.M.分類：XXX

　海蛇は大西洋、太平洋、地中海に生息する。外見は恐ろしげだし、マグルが海蛇の行動は獰猛だとヒステリー気味に語ることはあっても、海蛇がヒトを殺したという

記録はない。長いものになると体長30メートルに達し、頭は馬に似て、蛇のように長い胴体が、ポコポコといくつもこぶ状に海面上に突き出して見える。

シュレイク
SHRAKE

M.O.M.分類：×××

全身針に覆われた魚で、大西洋に生息する。1800年代初期に、航海中の魔法使いをマグルの漁師たちが侮辱したことへの仕返しに、最初のシュレイクの群れが創られたといわれる。その日以来その海域でマグルが漁をしても、海底を泳ぐシュレイクのせいで網が破られ、からっぽで揚がってくる。

スナリーガスター
SNALLYGASTER

M.O.M.分類：××××

北米原産。半鳥半蛇の姿から、スナリーガスターはかつてドラゴンの一種と考えられていたが、今ではオカ

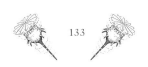

ミーの遠い親戚であることが知られている。火を吐くことはできないが、のこぎり状の鋼のような牙を持ち、獲物を切り裂く。スナリーガスターは国際機密保持法を頻繁に危機にさらしてきた。生来好奇心が強く、体表の皮が銃弾をはじくため、追い払うことが難しい。マグルの新聞にあまりにもちょくちょく取り上げられてきたので、

「もっとも目立ちたがり屋の生物」として、時にはネス湖の怪獣に匹敵する。1949年以来、メリーランド州にはスナリーガスターを目撃したマグルを「忘却」させるためだけに、「スナリーガスター保護連盟」が常駐している。

スニジェット
SNIDGET
M.O.M.分類：XXXX[*12]

　ゴールデン・スニジェットは極めて希少な保護鳥である。完璧に真ん丸で、非常に長く鋭いくちばしを持ち、宝石のように煌めく赤い目をしている。極めて速く飛び、翼の関節が回転するので、驚くほどすばやく、巧みに方向転換できる。

　ゴールデン・スニジェットの羽と目が非常に珍重され、

＊12　ゴールデン・スニジェットがXXXXに分類されているのは危険だからではなく、捕獲したり傷つけたりすると重い罰が課せられるからである

一時は魔法使いによる乱獲で絶滅の危機に瀕したが、まだ間に合ううちにそれと気づき、保護されるようになった。保護を促進した一番の要因は、クィディッチでスニジェットに代えて黄金のスニッチが使われるようになったことである。*13

スニジェット保護区域は世界中に存在する。

スフィンクス
SPHINX

M.O.M.分類：XXXX

エジプトのスフィンクスは頭がヒト、体がライオンである。1000年以上の長きにわたって、魔法使いや魔女は、貴重品や秘密の隠れ家などを守るためにスフィンクスを使ってきた。知能が高く、パズルやなぞなぞを喜ぶ。スフィンクスが危険なのは、通常、守っているものが危機

---

*13 クィディッチの発達にゴールデン・スニジェットが果たした役割に関心のある方は、ケニルワージー・ウィスプ著『クィディッチ今昔』（ウィズ・ハード・ブックス刊、1952年）を参照のこと

にさらされたときだけである。

ストリーラー
STREELER

M.O.M.分類：XXX

　巨大なカタツムリで、1時間ごとに色を変える。通った跡に猛毒を残し、その道筋にあたった植物はすべてしなびたり焼け焦げたりする。原産地はアフリカのいくつかの国であるが、ヨーロッパ、アジア、アメリカでも魔法使いが飼育に成功している。万華鏡のように色が変化するのが好まれ、ペットとして飼う者もいる。その毒液は、ホークランプを殺すことが知られている数少ない物質の1つである。

テボ
TEBO

M.O.M.分類：XXXX

コンゴとザイールに見られる灰色のイボイノシシ。姿を消す魔力を持つので、テボから逃げるのもテボを捕まえるのも難しく、またテボは非常に危険である。テボの皮は、保護服や盾を作るために、魔法使いに大変珍重されている。

サンダーバード
THUNDERBIRD

M.O.M.分類：✕✕✕✕

　北米固有の生物で、アリゾナ州にもっとも多く生息する。成鳥はヒトより背丈があり、飛ぶと嵐を引き起こす力を持っている。超自然的な危険に対して非常に敏感であるため、その羽根を芯に使った杖は、先制攻撃の呪いを発射することで知られている。イルヴァーモーニー魔法魔術学校の4つの寮の1つにはサンダーバードの名前が付けられている。

トロール

TROLL

M.O.M.分類：XXXX

　身の丈4メートル、体重1トンにもおよぶ恐ろしい生き物である。けた外れの力と並外れてばかなことの両方が特徴で、しばしば暴力的になり、何をしでかすか予測できない。スカンジナビア原産だが、最近ではイギリス、アイルランドおよびその他の北ヨーロッパ地域でも見られる。

　一般的にはブーブーうなって会話するが、これが未発達な言語を構成しているらしい。しかし中には簡単なヒトの言葉を理解したり話したりするものもいる。トロールの中でも知性が高いものは、訓練されて守衛となる。

　トロールは山トロール、森トロール、川トロールの3つに分類される。山トロールが最も大きく凶暴。ハゲており、皮膚は薄い灰色。森トロールは薄緑色で、中には緑または褐色のザンバラ髪が薄く生えているのもいる。川トロールには短い角があり、毛深いのもいる。皮膚は紫色で、しばしば橋の下にひそんでいるのが見られる。

生肉を食すが、獲物の選り好みはせず、野生動物からヒトまで何でも食う。

ユニコーン（一角獣）
UNICORN
M.O.M.分類：XXXX*14

　ユニコーンは北ヨーロッパの森全体に生息する美しい動物である。完全に成長すると、純白で角が生えた馬になる。仔馬は初めのうちは黄金色であるが、成熟する前に銀色にかわる。ユニコーンの角、血、たてがみなどの毛は、すべて強い魔法特性がある。*15 通常ヒトとの接触をさける。魔法使いより魔女のほうをより容易に受け入れ、近づかせるようだ。駿足なので、捕獲するのは非常にむずかしい。

---

*14　ケンタウルスの項の注釈参照
*15　妖精と同じく、ユニコーンもマグルの評判がすばらしくよい──
　　　この場合は正当である

ワンプス・キャット
WAMPUS CAT
M.O.M.分類：×××××

　大きさや姿形は、通常のピューマやクーガーに似ているが、ワンプス・キャットはアパラチア地方原産。2本の後足で歩くことができ、飛ぶ矢よりも早く駆け、黄色の目には催眠術と開心術の力があると言われている。ワンプス・キャットをもっとも広汎に調べてきたのは、その生息地と同じ地域に住むネイティブ・アメリカンのチェロキー族で、この種族だけが、ワンプス・キャットの毛を入手し、杖の芯に使うことに成功してきた。1832年に、オハイオ州シンシナティの魔法使い、アベル・ツリートップスが、ワンプス・キャットを手なずけて、魔法使いの家の護衛をさせる方法の特許を取ったと主張した。しかし、マクーザがツリートップスの家を抜き打ち調査した際、彼がニーズルに「肥らせ魔法」を掛けているところを見つけ、インチキが暴露された。北米の魔法学校であるイルヴァーモー

ニーの4つの寮の1つがワンプス・キャットの名前を冠している。

ウェアウルフ（狼人間）
WEREWOLF
M.O.M.分類：XXXXX [*16]

　狼人間は世界中で見られるが、原産地は北ヨーロッパだと考えられている。かまれたヒトだけが狼人間になる。治療法はないが、最近の魔法薬製造の発達により、最悪の症状を軽減することができるようになった。魔法使いにせよ、マグルにせよ、かまれた者は、普段は正気かつ正常なのに、1か月に1度、満月のときだけ残忍な動物に変身する。幻の動物の中ではほとんど唯一、狼人間だけが、ほかのどんな獲物よりもヒトを餌食にしようと積

[*16] このM.O.M.分類は、もちろん変身した状態の狼人間に関するものである。満月でなければ、狼人間は他のヒトと同様に無害である。ある1人の魔法使いが狼変身と戦った、胸の張り裂けるような話については、著者不詳の古典、『毛深い口先・人間の心』（ウィズ・ハード・ブックス刊、1975年）を参照のこと

極的に求める。

ウィングド・ホース（天馬）
WINGED HORSE

M.O.M.分類：XX-XXXX

　天馬は世界中に生息し、種類も多い。アブラクサン（かぎりなく強力で巨大なパロミノ）、イーソナン（栗毛。イギリスとアイルランドによく見られる）、グレニアン（灰色。駿足）、希少種セストラル（黒。消える魔力を備えるが、縁起が悪いと思っている魔法使いが多い）などなど。

　天馬の所有者は、ヒッポグリフの場合と同様、定期的に「目くらまし呪文」をかけなければならない（序論参照）。

イエティ
（ビッグフットまたは雪男としても知られる）
YETI
M.O.M.分類：XXXX

　チベット原産でトロールと親せき関係にあるといわれているが、確認のための必要なテストを行えるほど近くで見た者がいない。背丈は大きいもので5メートル近くになり、頭から足まで純白の毛で覆われている。自分の通る道筋に迷い込むものは何でも貪り食うが、火を恐れるので、熟練した魔法使いなら撃退することができる。

著者について

ニュートン（ニュート）・アルテミス・フィド・スキャマンダーは1897年生まれ。ヒッポグリフ珍種の熱心なブリーダーであった母親の影響を受け、幻の珍獣に興味を抱くようになった。ホグワーツ魔法魔術学校を卒業後、魔法省に入省。「魔法生物規制管理部」に奉職した。「屋敷しもべ妖精転勤室」に2年間勤務の後（この間、「やることがなくて、退屈極まりなかった」と氏は述懐している）、動物部門に移り、奇怪な魔法動物に関する並々ならぬ知識によって、めざましい昇進ぶりを示した。

　1947年にほとんど独力で「狼人間登録簿」を作成した功績もさることながら、1965年に成立した「実験的飼育禁止令」は、氏の最も誇りとする業績であり、それにより、飼い馴らすことのできない怪物の新種を創造することが、英国内では事実上禁止された。「ドラゴンの研究および制御室」の仕事で頻繁に海外調査に出ることとなり、その際に収集した情報をもとに、本書『幻の動

物とその生息地』を著し、これが世界中でベストセラーになった。

　1979年、魔法動物の研究であるところの「魔法動物学」への氏の貢献に対し、マーリン勲章勲二等が授与された。現在は引退し、ポーペンチナ夫人とペットのニーズル3匹、ホッピー、ミリー、モーラーとともにドーセットに住んでいる。

COMIC RELIEF UK

コミック・リリーフ

　2001年から今までに、「クィディッチ今昔」と「幻の動物とその生息地」の本が、コミック・リリーフに2000万ポンド近くの寄付金をもたらしました——魔法のようなこの金額が、人々の生活を変えるためにすでに積極的に活用されています。

　新版の販売によって寄付される資金は、世界中の子どもたちや若者が将来に備えるために使われます——安全と健康、教育と能力開発のための投資です。私たちが特に援助したいと考えているのは、非常に難しい環境——紛争や暴力、見捨てられたり、虐待されたりという環境——の中で人生を歩み始めた子どもたちです。

皆様のご支援に感謝します。コミック・リリーフについてもっとお知りになりたい方は、comicrelief.com をご覧くださるか、Twitter @comicrelief をフォローするか、Facebookで コミック・リリーフのページを開き、"like（いいね)"を押してください。

ルーモス
子どもたちを守り、問題を解決する

　全世界に8百万人もの子どもが孤児院で暮らしています——しかもその8割が孤児でさえないのです。
　孤児院にいる子どもたちのほとんどは、親が貧しくて子どもに十分なことをしてやれないのです。多くの施設は、善意によって設立されたり支援されたりしていますが、80年以上の長期にわたる調査によれば、孤児院で育った子どもたちは、健康や発育上の問題をかかえ、人権侵害や人身売買の危険が増し、幸福で健康な将来を得る機会が削がれるという結果が出ています。
　一言で言うと、子どもには孤児院でなく家庭が必要です。

ルーモスは、J.K.ローリングによって創立された慈善団体で、ハリー・ポッターに出てくる暗闇で光をもたらす呪文から名づけられました。ルーモスはまさにその仕事をしています。施設に隠されてしまった子どもたちを明るみに出し、すべての子どもが必要な家庭とふさわしい未来を手にすることができるよう、全世界の児童福祉のシステムを変貌させます。

　この本を買ってくださってありがとうございます。もしもJ.K.ローリングやルーモスと一緒になって、私たちのグローバルな変革の運動に加わっていただけるなら、どうぞwearelumos.org 、Twitter@lumos またはFacebookで詳しい情報をご覧ください。

訳者紹介

松岡 佑子（まつおか・ゆうこ）

翻訳家。国際基督教大学卒、モントレー国際大学院大学国際政治学修士。日本ペンクラブ会員。スイス在住。訳書に「ハリー・ポッター」シリーズ全7巻のほか、「少年冒険家トム」シリーズ全3巻、『ブーツをはいたキティのおはなし』、『ハリー・ポッターと呪いの子　第一部・第二部』（以上静山社）がある。

本書『幻の動物とその生息地』は、静山社ペガサス文庫版（初版2014年）をもとに、加筆・修正の上、新装版として刊行されたものです。

ホグワーツ・ライブラリー1

幻の動物とその生息地〈新装版〉

2017年4月13日　第1刷発行

著者　J.K.ローリング

訳者　松岡佑子

発行者　松浦一浩

発行所　株式会社静山社

〒102-0073　東京都千代田区九段北1-15-15

電話・営業　03-5210-7221

http://www.sayzansha.com

日本語版デザイン・組版　アジュール

印刷・製本　凸版印刷株式会社

本書の無断複写複製は著作権法により例外を除き禁じられています。
また、私的使用以外のいかなる電子的複写複製も認められておりません。
落丁・乱丁の場合はお取り替えいたします。
Japanese Text ©Yuko Matsuoka 2017
Published by Say-zan-sha Publications, Ltd.
ISBN978-4-86389-379-5 Printed in Japan